AF303056

LA RÈGLE

Dépôt légal : Novembre 2015

ISBN 978-2-322- 04300-2

Éditeur : BoD-Books on Demand,

12/14 rond point des Champs Élysées, 75008 Paris, France

Impression : BoD-Books on Demand, Norderstedt, Allemagne

REGIS CURIEN

LA RÈGLE

« L'équilibre est le secret en tout, la Règle est le secret de l'équilibre »

Au sortir du tube, l'homme traversa la grande esplanade qui le séparait encore du bâtiment monumental des Administrations Centrales. Sa vie était devenue totalement impossible depuis plusieurs semaines. Il était impensable que la Grande Administration ne puisse pas trouver de solution à son problème. Il avait toujours été un citoyen fidèle, il n'avait à peu près jamais transgressé la Règle et il n'y avait pas de raison qu'il subisse plus longtemps une telle injustice. En pénétrant dans le hall gigantesque, il trouva assez facilement à s'orienter vers la section des demandes particulières, bureau des cas individuels. Il n'avait guère l'habitude de fréquenter ce type de lieu, mais la situation était suffisamment grave pour en arriver là. Il arpenta le premier escalier, enchaîna avec le second, pour se rendre devant la porte de l'ascenseur 18F5 comme indiqué sur le plan qui lui avait été communiqué. Le rendez-vous qui lui avait été fixé, devait débuter dans une demi-heure. Il était donc largement en avance, mais il n'avait aucune envie de le rater. Aucun effort ne devait être épargné. Lorsque la porte de l'ascenseur 18F5 coulissa pour le laisser entrer, environ trente-cinq personnes occupaient déjà la cabine.

Il monta pour les accompagner, la plateforme étant dimensionnée pour supporter au moins quatre-vingt citoyens. L'ascenseur parcourut plusieurs étages, puis transporta ses passagers vers la droite, puis tout droit et reprit sa course verticale. Lorsqu'il arriva au niveau 17, les battants de la porte se rouvrirent et il se dirigea vers le couloir. Les flèches holographiques assuraient efficacement la signalisation, tandis que des slogans gouvernementaux ornaient les murs. On pouvait lire par exemple « *La Règle est mère de tranquillité* » ou « *Respecter la Règle, c'est se respecter soi-même* » ou encore « *La Règle est juste, elle est faite pour tous, elle est gage d'équité* ».

Notre homme trouva la salle d'attente dédiée à sa pathologie sociale et s'assit dans un fauteuil qu'il trouva fort confortable. C'était la première fois qu'il avait réellement affaire à l'Administration Centrale. Il vivait dans une ville satellite et menait une vie sans histoire. Il louait ses services à une entreprise de fabrication d'aspirateurs ultrasoniques très connue. Autour de lui, quelques personnes attendaient également leur tour. Ce n'est pas dans le bâtiment de l'Administration Centrale qu'on allait commencer à contourner la Règle. Ils avaient tous l'air préoccupé et même un peu perdu pour certains.

Après un instant d'attente, un panneau lumineux afficha un nom et un prénom ainsi qu'un numéro de bureau, une des personnes se leva et quitta la pièce, précédée par le panneau holographique qui le menait à son lieu de rendez-vous. Le protocole était donc clair, il suffisait d'attendre son tour pour être appelé et enfin accéder aux services des agents d'application de la Règle. Ce fut le cas de notre homme après quelques minutes de patience. Il se leva donc et trouva aisément le bureau qui lui était indiqué grâce à la flèche holographique qui le mena jusqu'à la porte du bureau. La lampe verte à l'entrée signalait qu'il pouvait entrer.

Il se contenta donc de frapper légèrement et entra d'un pas assez mal assuré. Il trouva la pièce dans laquelle il pénétra, triste et vide. Néanmoins, l'agent qui se tenait derrière le bureau lui inspira plutôt confiance. Il était jeune et il semblait avenant malgré son costume austère. L'écriteau sur le bureau, obligatoire sur tous les postes de fonctionnaires indiquait qu'il s'appelait Winston. Notre homme nota simplement qu'il s'agissait d'un nom un peu original. L'agent Winston l'accueillit assez chaleureusement.

> — Bonjour, je m'appelle Winston et je suis agent d'application de la Règle. Que puis-je faire pour votre service ?
> — Et bien voilà dit notre homme hésitant. Voilà plusieurs semaines que je n'ai plus accès à mes facilités. Tous mes abonnements, mes droits d'accès, tout m'est refusé systématiquement, je ne peux plus vivre normalement. Hier encore, j'ai essayé d'aller à mon club de discussion et je n'ai pas pu actionner le portail d'entrée. Rien je vous dis !

Le prénommé Winston le regardait attentivement. Il semblait s'intéresser sincèrement à son cas, ce qui mettait notre homme en confiance et l'incitait à se livrer. Il poursuivit donc ainsi.

> — Et ça fait des semaines que ça dure.
> — Quelle a été la première manifestation, demanda l'agent ?

L'homme eut un geste de recul, fit mine de réfléchir et répondit simplement.

> — Aux toilettes.
> — Aux toilettes ? Mais comment ça ?
> — C'est pas compliqué, j'ai voulu me rendre aux toilettes à la fabrique où je travaille et lorsque je me

suis présenté devant la porte, l'écran de contrôle m'a averti que si j'insistais à vouloir pénétrer dans les toilettes des hommes, j'allais avoir des ennuis. En fait, depuis ce moment, plus rien de ce qui est exclusivement masculin ne m'est accessible. Ça n'a l'air de rien, mais ça me complique la vie, vous ne pouvez pas savoir.

— Effectivement, je peux juste tenter de l'imaginer répond l'agent d'application de la Règle. Mais dites-moi, que s'est-il passé juste avant cela qui pourrait avoir un rapport avec votre identité, les fichiers administratifs ou autre ?

— Vous pensez bien que j'ai essayé de retrouver ça dans ma tête, reprend l'homme de plus en plus agité. Mais je ne vois rien de ce genre. Rien qui puisse justifier ça ou même un incident qui puisse avoir de telles conséquences. J'ai essayé de me rappeler tout ce que j'ai pu faire avec mon identité, les formalités que j'ai pu effectuer, tout ça, mais rien ! Rien de rien !

— Très bien. Je vais essayer de retrouver la trace de tous les événements qui vous concernent depuis les cinq ou six dernières semaines et nous allons voir. Tout est stocké et tracé dans la Grande Mémoire, voyons ce que nous pouvons trouver. Mais ne vous tracassez pas trop, plus de 69,6% des problèmes de perte d'identité ou de droits ont été résolus le jour même et 97,8% dans la semaine selon des statistiques de l'année dernière. A l'exception des cas où le citoyen était lui-même à l'origine du problème.

L'agent d'application de la Règle se tourna vers son écran plasmique. Il agita son doigt dans les illustrations et les menus de l'image holographique apparaissant dans l'encadrement métallique. La danse des images et des menus fit apparaître successivement quelques pictogrammes et informations que Winston manipula avec dextérité. La Grande Mémoire restituait tous les faits et gestes du concitoyen venu trouver une solution à son problème. Chaque voyage, chaque passage, chaque ouverture de porte étaient mentionnés, partout où l'identité pouvait être tracée. Ainsi, parmi une foule de détails sans aucune importance apparente, Winston rassembla les pièces du puzzle de la vie du personnage. En quelques minutes, il en savait long sur l'existence pourtant banale et sans histoire de son interlocuteur. Un métier honorable à la fabrique d'aspirateurs ultrasoniques dont Winston possédait un exemplaire, des habitudes des plus anodines et innocentes. Pas un abonnement douteux, une fréquentation qui laisse penser que le personnage s'adonne à des pratiques interdites, des subversions quelconques ou quoi que ce soit. Il filait une vie tranquille et sage dans son appartement de la périphérie satellite. Sa seule excentricité était visiblement son attachement aux chats de son quartier qu'il avait tendance à nourrir copieusement. Il ne s'agissait pas d'une addiction très répréhensible, néanmoins, Winston essaya d'en savoir un peu plus. Il s'aperçut alors que l'un de ses voisins s'était plaint un jour de la prolifération des félins dans son quartier.

— Savez-vous si certains de vos voisins travaillent dans l'Administration, monsieur ? demanda Winston à son interlocuteur surpris par la question.

— Non, je ne crois pas... enfin si, peut-être, mais je ne suis pas sûr. Un monsieur très bien, qui habite à deux terrasses de chez moi.

— Ne s'appellerait-il pas monsieur Charton par hasard ?

— Ben si, justement, c'est à lui que je pensais. Vous croyez qu'il peut faire quelque chose pour moi ?

— Je crois en fait qu'il l'a déjà fait, mais je vais le vérifier.

Le citoyen ordinaire ne comprenait rien à l'énigme, mais il sentait que son cas avançait, ce qui l'encourageait. Il observa encore Winston manipuler l'image holographique de son écran plasmique avec une certaine admiration, puis il écouta la sentence de l'agent d'application de la Règle.

— Et bien cher monsieur, je pense que votre vie devrait retrouver son cours normal dans très peu de temps. En fait, dès que vous sortirez d'ici, votre identité devrait avoir retrouvé tous ses attributs véritables. Votre histoire est tristement classique. Il se trouve que vous avez l'habitude de donner à manger aux chats de votre quartier.

L'homme fut immédiatement mal à l'aise, sachant qu'il s'agissait là d'une attitude réprouvée par la Règle. Voyant cela, Winston le rassura immédiatement.

— Ne vous en faites pas, il ne s'agit pas de cela, enfin pas directement. Si je ne peux que vous recommander de cesser cette pratique puisqu'elle n'est pas conforme à la Règle, ce n'est que la source indirecte de vos problèmes. En fait, votre voisin ne supporte pas les félins dans son quartier et s'est acharné contre vous parce qu'il vous rendait responsable de leur prolifération. Il avait intenté une action contre vous à ce sujet, l'avez-vous appris ?

— Non, pas du tout répondit le brave homme. Mais monsieur Charton a toujours été très cordial avec moi, ce n'est pas possible qu'il ait fait une chose pareille, ça aurait pu me coûter mon emploi, peut-être même plus.

— Effectivement. Mais comme il a été débouté, il s'est attaqué à vous d'une autre manière. Il s'est servi de sa position dans l'Administration pour falsifier les données vous concernant, vous rendant ainsi la vie impossible et attendant certainement que vous commettiez une faute qui vous aurait conduit à je ne sais quelle condamnation, vous obligeant ainsi à déménager dans un quartier de réputation inférieure.

— J'ai vraiment du mal à y croire.

— Je vous assure qu'il s'agit pourtant de la stricte vérité, et je peux vous dire que des histoires comme celle-là, j'en vois des dizaines chaque mois.

— Mais il va savoir que je suis venu me plaindre ? Il va m'en vouloir encore plus ?

— Vous n'avez aucun souci à vous faire. D'ici environ 2 minutes et... 7 secondes, une brigade d'intervention va pénétrer chez lui afin de le transférer en rétention. La Règle ne plaisante pas avec les abus de pouvoir comme celui dont s'est rendu coupable ce monsieur. Lorsque vous rentrerez chez vous, il aura disparu du quartier et de votre vie sans aucune chance de pouvoir y réapparaître. Le fait d'être venu parler de votre problème est la meilleure chose que vous aviez à faire. On peut même imaginer que cet individu a déjà exercé ses talents sur d'autres victimes, mais ça, je le laisse à l'investigation. Ma tâche s'arrête là. Au moindre souci, n'hésitez surtout pas à m'adresser un message par quelque biais que ce soit. Certains imaginent que la Règles est faite pour leur créer des contraintes alors qu'elle s'exerce pour défendre des citoyens comme vous qui vivent paisiblement et en accord avec la société. Et je vous demanderais de ne pas négliger de répondre à l'enquête de satisfaction qui vous parviendra dans les prochains jours, ceci permet à l'Administration de continuer à s'améliorer au service des concitoyens. Seulement 42,8% des gens dont nous traitons les affaires ici remplissent le formulaire qui leur est adressé alors que tout ceci ne fait que concourir à les aider.

L'homme avait du mal à absorber le choc. Ce voisin à l'air amical, cette vie devenue impossible, et puis tout cela réglé en un claquement de doigts, encore plus vite que le problème était apparu. Après avoir abondamment remercié l'agent d'application de la Règle, il reprit ses effets et se dirigea vers la sortie. Au moment de disparaître, il se retourna vers Winston et lui demanda, un peu gêné :

— Et pour les chats ?
— Dans l'idéal, cessez de les alimenter, au pire soyez très discret, surtout dans votre quartier. Mais je ne vous ai rien dit.
— Merci encore !! Sans vous...

Il quitta le bureau de l'agent Winston.

« Suivre la Règle, c'est aider son destin »

A longueur de temps, l'agent Winston recevait les gens, petits, gros, beaux ou vilains pour les entendre déblatérer leurs problèmes et soucis en tout genre. Lorsqu'il était dans son box, Winston troquait son caractère réservé pour endosser cet esprit d'une implacable efficacité pour chercher, déduire, calculer, préciser, justifier. Il devenait une redoutable machine à trouver le bon indice, l'information pertinente, l'exemple adapté. Il savait s'appuyer sur ses statistiques pour expliquer et démêler les cas les plus compliqués, comme si la Règle l'habitait.

A la suite de l'homme qui nourrissait les chats, il eut à résoudre un cas épineux. Le citoyen avait des problèmes avec le formulaire administratif A425F qu'il ne pouvait remplir parce que pour cela, il lui fallait utiliser un stylo à bille vert. Mais le médecin lui interdisait la proximité d'un objet de cette couleur. Sinon, il risquait l'allergie fulgurante. Par conséquent, il ne pouvait plus utiliser le container à poubelles de son quartier puisqu'il n'avait pas rempli ce formulaire. En effet, pas de stylo vert, pas de formulaire et pas de formulaire, pas d'accès au container. Il y avait là une équation dont l'ensemble des solutions semblait désespérément vide pour le commun des mortels. Mais Winston avait de la ressource et il excellait avec les cas complexes. Tout d'abord il avait une connaissance très approfondie de la Règle. Ensuite, il connaissait les outils mis à sa disposition et en usait avec maestria. Mais ce qui faisait vraiment la différence, c'était simplement son envie d'aider ses semblables. Il n'était jamais indifférent à la situation des citoyens qui franchissaient le pas de sa porte. La conjonction de ces trois éléments faisait que Winston dépassait régulièrement les statistiques de ses collègues. Il aurait pu dire par exemple qu'il dépassait de 23,2% la part de cas résolus en séance du meilleur de ses collègues et ce, depuis plusieurs années.

Pour ce dernier cas par exemple, celui du container à ordures, il lui avait fallu rechercher dans la base de la Grande Mémoire les exceptions permises et les situations litigieuses déjà rencontrés en pareil cas. Il avait dû triturer son écran plasmique durant de longues minutes pour trouver la parade et indiquer la procédure à son interlocuteur. A vrai dire, il n'était pas peu fier d'avoir réussi ce coup de force. Il n'avait pas son pareil pour ce genre de prouesses. S'il était tombé sur un autre agent, ce pauvre gars n'aurait probablement pas trouvé de solution. Pourtant, ça semble anodin, mais ne plus pouvoir se débarrasser de ses déchets signifiait pollution personnelle excessive et donc surtaxée, plainte des voisins, expropriation rapide vers un logement en zone éloignée. Une vraie dégringolade dont personne ne savait comment l'enrayer.

C'est donc bien le pire qui lui avait été épargné. Les zones éloignées, pour qui habite la ville ou les villes satellites étaient une sorte de ghetto à éviter à tout prix. On y voyait des choses invraisemblables. Des accouplements hasardeux dans les cages d'escaliers et sur les terrasses, des enfants qui déambulent seuls, affublés de hardes de souillons. On racontait même qu'il arrivait que l'on y croise des groupes de dissidents. Ces fameux groupes qui se réunissent pour conspirer contre la Règle et tous ceux qui la font respecter ou simplement qui s'y conforment, c'est-à-dire le monde entier. Les rumeurs sur l'existence de ces groupuscules s'était développées peu de temps après l'avènement de la Règle. Lorsque la Grande Administration s'était mise en place, édictant la Règle et les moyens de la faire respecter, celle-ci correspondait plus à une évidence qu'à un besoin. L'ensemble des populations ressentait cela comme une condition, *sine quoi non* pour la survie humaine à la surface de la planète. Trop d'excès, d'inconscience, d'irresponsabilité avaient amené le chaos que l'on sait et seule une solution radicale pouvait répondre à une situation aussi extrême. Pourtant, des groupes de réfractaires, prétendant défendre les libertés individuelles s'étaient organisés pour s'opposer à l'institution qui venait de s'établir. La Grande Administration avait alors mis en place un système répressif, voire destructif qui avait anéanti toute velléité de rébellion. Mais en réalité, une rumeur diffuse avait toujours plané, évoquant des groupuscules d'activistes qui, ci est là, pouvaient mener des actions d'opposition. Pour autant, l'Administration de l'information n'en parlait jamais officiellement.

Aujourd'hui encore, Winston avait assuré. Un vrai petit génie dans son genre. Il lui arrivait d'avoir du mal à comprendre que sa hiérarchie ne se rende pas compte de ses qualités. Pourtant, les statistiques parlaient d'elles-mêmes; il n'y avait qu'à interroger la base de la Grande Mémoire pour s'en rendre compte. Mais voilà, ses supérieurs ne s'en donnaient certainement pas la peine. Occupés qu'ils étaient à des tâches bien supérieures. De toutes manières, Winston se plaisait à faire son travail, il avait le sentiment d'être utile tout en servant une cause qui lui semblait juste. Lorsqu'il en eut terminé avec l'homme au stylo vert, l'horloge fit savoir à Winston qu'il était officiellement l'heure permise pour quitter le bureau. Rien ne s'opposait donc à ce qu'il quitte son poste. Il chaussa son couvre-chef et ferma son bureau derrière lui avant de se diriger vers l'ascenseur.

Comme chaque soir à cette heure, tous les employés en faisaient de même à la même heure et au même endroit. Encore heureux que le public n'empruntait pas les mêmes couloirs, sans quoi il fût impossible de se glisser jusqu'à la cabine d'ascenseur. Après avoir attendu son tour quelques minutes, la porte d'un gris métallique éclatant s'ouvrit et Winston put pénétrer sur la plate-forme lorsque ce qu'il redoutait arriva. Il sentit dans son sillage l'agent Jozuon. Un collègue qu'il ne pouvait pas sentir. Au sens propre d'abord parce qu'il s'aspergeait toujours d'une quantité invraisemblable de liquide parfumé à tel point que le soir il empestait encore toute la cabine. Au sens figuré ensuite parce que contrairement à lui, Jozuon savait se faire remarquer de ses chefs et enchaînait promotion sur promotion. Il rejoindrait bientôt le grade de Winston alors qu'il était parti de beaucoup plus bas. Avec ses cheveux gras et son regard de fouine, Winston ne pouvait vraiment pas l'encadrer. Il opérait à quelques box du sien, sur des affaires moins importantes, certes, mais il ne manquait jamais d'attirer l'attention de Winston, comme pour essayer d'obtenir ses faveurs et qui sait, bénéficier d'un petit coup de pouce pour avancer plus vite.

C'était bien mal le connaître ! Il aurait fallu lui passer sur le corps pour qu'il se livre à un quelconque favoritisme. Alors avantager celui-là, vraiment non, cela n'était pas du domaine du possible.

Sur les parois de la plateforme d'ascenseur, on pouvait apercevoir un message circuler « *La Règle est votre assurance tranquillité, votre assurance bien être et celle de tous vos concitoyens* ».

Jozuon laissait ainsi planer lourdement dans la cabine d'ascenseur les effluves d'une décoction artificielle de mauvaise qualité. Certainement un mélange de feuille d'iziki, d'extrait artificiel de patate douce et, comble du mauvais goût, de fumet d'andouille. Ce pauvre type ignorait sans doute que s'il était à la mode, le fumet d'andouille ne se mariait pas avec une algue. Toute la gente féminine présente dans ce convoi semblait pourtant le lui faire remarquer du regard. La promiscuité ajoutait à la gêne et à la fatigue de cette fin de journée et Winston ne se sentait pas armé pour subir un nouvel assaut de Jozuon. Lorsque l'ascenseur atterrit, il s'échappa donc aussi vite que possible.

Il bouscula une jeune femme au sortir du couloir en se dirigeant d'un pas décidé vers le tube transporteur. « Ce Jozuon me fait faire n'importe quoi » pensa-t-il. Il se glissa dans un compartiment et programma sa destination. Le tube le propulsa rapidement jusqu'au bas de son immeuble. Ce n'est que lorsque son compartiment individuel s'ouvrit pour le laisser sortir qu'il se rendit compte qu'un autotexte avait été déposé dans la poche de son manteau. Une puce de quelques millimètres, qu'il suffisait d'adapter sur ses lunettes de visualisation pour parvenir à lire son contenu. Il remisa la puce dans sa poche, intrigué, et gravit les quelques étages qui menaient de terrasses en terrasses jusqu'à son logement. Les hublots des appartements commençaient à s'illuminer. Les terrasses étaient traversées par tous ces employés qui rentraient chez eux, dans la zone satellite proche.

Lorsque Winston posa sa main sur son lecteur biométrique à l'entrée de son appartement, la caméra rétinienne vint s'assurer de son identité et la porte s'ouvrit. La vue de son intérieur lui rappela subitement qu'il avait omis de débarrasser son coin repas après son petit déjeuner. Ceci ajoutant au relatif désordre habituel, son appartement devenait proche de l'insalubrité. Il lui fallait faire quelque chose au plus vite. Il décida donc de se mettre au travail, non sans s'être connecté au préalable à ses groupes virtuels préférés sur sa console plasmique.

Winston actionna les aspirateurs et autres nettoyeurs ultrasoniques pour parer au plus pressé. En fait, après sa journée de labeur, il n'était pas très disposé à jouer les fées du logis. Néanmoins, il ne pouvait pas laisser son appartement dans cet état. Des restes de nourriture jonchaient le lit, ce qui lui servait de canapé et même le sol de la salle de bains. Son linge, ses appareils de lecture, tout trainait en désordre. Il y avait une distance incroyable entre la rigueur de son comportement dans les locaux de la Grande Administration et son comportement dans la sphère privée. Un relâchement inexplicable qui rendait l'agent Winston affreusement irrespectueux de son environnement le plus proche. Tantôt strict, à cheval sur les principes et la rectitude de son comportement et tantôt atteint d'un désordre chronique qui l'amenait à côtoyer de la nourriture avariée et du linge sale dans son espace de vie. Un mystère. Une fois tous ces petits appareils rangés, il se vota une petite dose d'air sursaturé pour se donner un peu de répit. Sa journée avait été longue est assez difficile, il avait bien droit à un litre ou deux de liberté d'esprit. Il fallait bien ça pour s'échapper des histoires de ses congénères.

Au bout de quelques minutes, allongé sur sa couche, il ouvrit les yeux en grand et se leva d'un bon pour aller vérifier les messages de ses planètes virtuelles. Les gens qu'il attendait n'étaient pas encore connectés, rien de très intéressant pour l'instant.

Il se remémora alors l'autotexte qu'il avait trouvé dans sa poche. Il fouilla celle-ci pour en extraire le petit objet, chaussa ses lunettes et introduisit la mini-carte dans la monture. Il put alors lire son contenu.

Cher Winston,

Je t'ai beaucoup observé depuis des mois. Je sais que tu es quelqu'un de brillant et que tu fais beaucoup pour aider tes semblables. Je sais aussi que tu te trouves seul et qu'il te serait agréable de t'ouvrir à d'autres horizons te permettant de sortir de la routine. Je suis bien certaine que tu apprécierais notre compagnie. Cette prise de contact peut te paraître cavalière, mais je ne voulais pas risquer de te choquer en t'abordant dans l'ascenseur du bureau.

Je reprendrai contact avec toi très bientôt.

Bien à toi,

PS : merci de prendre la précaution de détruire cet autotexte, tout peut être mal interprété.

Que pouvait bien signifier ce message ? Winston avait toutes les peines du monde à l'interpréter. Il était partagé entre l'envie de se dire qu'il s'agissait d'une bombe atomique qui craquait complètement pour lui et la malheureuse idée que quelques ringards se payaient la tête de leur collègue pour le déstabiliser. Mais pourquoi demander de le détruire ?

Quels étaient ces mystères ? Ça ne valait tout de même pas la peine de déclencher une enquête de zone pour une affaire aussi insignifiante. Et puis surtout, il aurait été dommage de balayer aussi vite l'hypothèse, certes improbable, mais néanmoins excitante de la bombe éperdue. Après tout, Winston avait des atouts. Il ne savait pas toujours les mettre en valeur, mais ce n'était qu'une question de temps. Là-dessus aussi, il connaissait les statistiques. Les célibataires parmi les 25 à 30 ans étaient moins de 35% à avoir trouvé l'âme sœur. Alors que la même catégorie dans la tranche 30 à 35 ans passait à 49% ! Puis à 67% jusqu'à 45 ans. La confiance que Winston accordait aux statistiques confinait au religieux. La seule référence comparable était son respect pour la Règle et la base de connaissance de la Grande Mémoire. Il avait toujours la référence chiffrée, en toute circonstance il pouvait citer un pourcentage qui illustrait la situation. Il faut bien dire que cela pouvait irriter quelque peu. Il passait parfois pour un maniaque des chiffres. Mais Winston ne savait résister. Ces éléments constituaient la référence de Winston, de sa vie et de son environnement. C'était ainsi qu'il envisageait l'existence et c'est ainsi qu'il était de bon ton de l'envisager. Winston n'était ni un rebelle ni un asocial. Il savait que son rôle était défini, qu'il devait apporter sa pierre à l'édifice comme chacun se devait de le faire. Il avait la chance de faire partie de cette catégorie, sa condition était enviable par beaucoup, il se devait d'être à la hauteur de la tâche qui lui était confiée. La Règle était la matrice de la société et il devait faire en sorte qu'elle soit respectée. Il pouvait défendre ses congénères en trouvant l'application de la Règle qui pouvait apporter une solution à leur situation ou les sanctionner parce qu'ils avaient enfreint un élément de la Règle. Quoi qu'il en soit, il ne pouvait pas y avoir d'entorse à la Règle. Sans la Règle, rien n'était possible. Rien ne pouvait tourner rond, rien ne pouvait être légitime ou équitable. La Règle permettait à chacun de vivre sa vie avec une protection naturelle, un cordon sanitaire et salutaire fixant le rôle de toute personne, la place de toute chose, la procédure à suivre dans toute situation. La Règle était à la fois la ligne de conduite de tout un chacun et la loi universelle qui assurait la tranquillité de tous. A vrai dire, Winston ne s'était pas réellement posé de question à ce sujet, conditionné qu'il était depuis très longtemps sur l'absolue nécessité de la Règle et de son application stricte. Il en avait toujours été un fervent défenseur. Aussi, lorsqu'il s'était agi de s'orienter lors de son cursus éducatif, il était apparu évident à tous qu'il devait suivre cette direction. Winston appartenait à ce que l'on appelait la 8ᵉ génération. La génération zéro étant celle qui avait vécu l'avènement de la Règle après le grand cataclysme. Il avait été élevé dans le respect de la Règle, mais ses parents n'avaient jamais fait de zèle sur le sujet. Lorsqu'il avait terminé le cycle d'enseignement basique qui constituait en quelque sorte le tronc commun suivi par chaque citoyen avant ses 6 ans, il fut remarqué pour ses aptitudes analytiques. C'est à ce moment qu'il fut orienté vers une éducation socio-administrative. Mais le point noir de sa jeunesse fut son obsession croissante et envahissante pour les statistiques. Pas les statistiques pour les calculs compliqués, mais pour la référence incessante à des états de fait. « 10% des adultes sont comme ceci » ou « 30,6% des hommes résidant en zones satellite… ». Ce qui n'était qu'une marotte est vite devenu envahissant jusqu'à ce qu'il en devienne maniaque. A ses 18 ans, personne ne pouvait plus supporter ses références constantes. Cela devenait un réel obstacle à sa vie sociale. Ce qui aurait pu être qualifié de maladie connut un tournant inattendu. En effet, il eut un électrochoc lorsque sa petite amie du moment le quitta pour cette raison. Il lui avait dit, sur l'oreiller, alors que l'heure était à la volupté, qu'il était heureux qu'ils fassent partie des 13,2% des couples qui faisaient l'amour en période de règles. Elle lui avait alors rétorqué que face à tant de poésie, les chances que rester ensemble une minute de plus venaient de passer à zéro.

Il faut bien dire que cette mésaventure l'avait fait réfléchir et il avait entamé une démarche de soin pour rectifier ce défaut qui devenait beaucoup trop prégnant dans sa vie. Il avait toujours ce réflexe, mais il le maitrisait plutôt bien et savait le contenir dans les cas les plus sensibles.

Pour autant, Winston n'était pas rigide. C'est du moins ce qu'il pensait de lui. Il avait une vie assez conviviale et même en dehors de ses amis, participait à la vie d'un certain nombre de planètes, les mondes habités par les communautés dites virtuelles, mais dont les membres étaient bien réels. Certains de ses personnages avaient une place reconnue. Dans certains mondes, il prodiguait des conseils comme il l'aurait fait à son bureau. Mais pour d'autres, il se donnait un rôle très différent, pour sortir de sa peau et participer à une autre vie. Une utilisation classique des mondes virtuels. Qui n'avait jamais utilisé un monde virtuel pour se mettre dans la peau d'un autre ? Qui pour vivre le sentiment d'appartenir à l'autre sexe, qui pour se défouler de ses frustrations quotidiennes, qui pour explorer sa face cachée ?

L'anonymat garanti par la Règle autorisait toutes les situations, tous les excès, tout ce que la réalité n'autorisait pas. Il s'agissait d'une soupape que l'Administration accordait aux citoyens pour leur permettre de sortir du cadre dans un environnement qui ne pouvait entacher la bonne marche de la société. Ainsi, l'Administration canalisait les envies et les aspirations au débordement dans un cadre sans danger. Toutes les statistiques avaient montré l'efficacité et donc le bienfondé de ce dispositif à la disposition des citoyens. Comme le disait Winston à qui voulait l'entendre, la libre utilisation des planètes avait réduit de 48,7% les actes illégaux les plus graves.

Pour ce soir, les communautés habituelles n'étaient pas très actives. Il était encore trop tôt pour les rencontres et Winston ne se sentait pas patient. Il décida donc de sortir. Une petite virée dans l'hyper-centre pour tromper la solitude et y retrouver quelques connaissances lui semblait une issue honorable pour cette soirée qui tardait à devenir intéressante.

La tête un peu farcie de sa journée et troublé par l'autotexte qu'il avait reçu, Winston décida de se voter une petite soirée délassante. Une fois n'était pas coutume, ce n'était pas si souvent qu'il s'accordait ce genre de fantaisie. Ce soir, il allait s'adonner à une distraction qu'il trouvait généralement inavouable. Mais après tout, un grand nombre de ses congénères y prenaient un grand plaisir, pourquoi pas lui ?

Winston procéda alors à un exercice périlleux : celui de choisir ses vêtements pour sa virée en ville. Il n'était pas soucieux outre mesure de son apparence, mais il avait dans un coin de la tête cette idée de se mettre dans les conditions optimales pour rencontrer l'âme sœur si l'occasion pouvait se présenter. Il avait pour cela compulsé toutes les informations possibles et imaginables, fouillé et débusqué les chiffres relatifs aux chances de faire une rencontre intéressante corrélés à la couleur de la veste, l'accord des couleurs, la saison de l'année, l'âge du sujet et encore bien des paramètres. Du coup, tel une diva perpétuellement insatisfaite, il enchaîna les essayages devant son miroir. Ce manège dura un temps certain avant qu'il ne tombe sur un compromis satisfaisant.

Winston sortit du tube et traversa trois rues pour arriver aux abords du quartier des soirées spectacles. L'ensemble des salles de distraction était regroupé dans ce quartier de la ville. Il y avait foule et il fallait jouer un peu des coudes pour se glisser jusqu'à l'entrée du grand hall. Les gens se pressaient devant l'entrée. Celle-ci était gratuite, comme celle de tous les spectacles qui étaient conçus et montés par l'Administration. Il était important que la population puisse avoir accès aux distractions et à la culture, même si celle-ci pouvait être d'un goût un peu douteux. Les citoyens devaient pouvoir étancher leur soif de médiocrité au même titre que leur besoin de s'élever intellectuellement et culturellement. Le principal étant qu'ils puissent s'évader et dissiper ainsi toute velléité de rébellion. Le peuple devait avoir des exutoires pourvu qu'ils soient encadrés par l'Administration et qu'ils ne puissent nuire à la Règle. Une fois à l'intérieur de la salle, Winston fut dirigé vers un fauteuil dans lequel il s'installa confortablement et régla l'accoudoir muni d'un clavier. La salle se remplissait de concitoyens venus de toute la ville et même de villes satellites pour certains. Winston écopa, comme voisin de gauche, d'un bon vivant auquel on aurait accordé sa confiance sans la moindre interrogation. Quant au fauteuil à sa droite, c'est une vielle dame qui vint s'y installer. Elle semblait beaucoup plus accoutumée que lui aux usages du lieu. Elle se positionna dans son fauteuil et s'installa avec précision aux commandes. Elle adressa un petit signe distrait à Winston en guise de salut, mais elle fixait déjà la scène dont l'éclairage se faisait désirer. Elle était en attente du démarrage du spectacle, en arrêt devant les projecteurs qui tardaient à illuminer la scène.

Winston décida d'engager la conversation avec cette voisine totalement acquise à la cause du spectacle.

— Bonsoir madame, dit-il en se penchant vers elle. Je ne suis pas un habitué, vous savez comment ça se passe ?

La vieille dame sembla dérangée. Elle avait certainement peur de rater un morceau de l'attraction qui allait débuter de façon imminente. Elle daigna néanmoins répondre succinctement à son voisin.

— Dix candidats passent des épreuves imposées et

c'est le public qui vote pour dire lequel doit rester jusqu'à la finale. Le meilleur gagne une petite fortune. Moi j'adore ça, mais c'est pas toujours mon favori qui gagne, et ça m'énerve. Des fois, les gens font gagner des énergumènes, c'est insensé. Vous allez voir, vous allez vite vous prendre au jeu. Tiens ! Justement, ça commence.

Elle se remit en position pour absorber tout ce qui allait provenir de la scène tandis que Winston resta quelques secondes à l'observer, intrigué par ce personnage qui lui paraissait paradoxal.

Les spots lights firent feu sur la scène et l'animateur sous les applaudissements des spectateurs impatients. Il portait un habit sur lequel la lumière se reflétait, on aurait pu le confondre avec un ver luisant. Il fit son apparition comme s'il avait été un Dieu vivant arrivé là pour abreuver ces pauvres terriens d'une distraction ultime. Les bras tendus vers le ciel, la tête en arrière, il était encore bien au-delà du triomphe que lui faisait le public. Il ne pouvait être qu'animé par une force supérieure, à moins que ce ne soit par une substance illicite. Il salua donc le public, comme s'il était venu pour lui et engrangea dans son égo déjà obèse, quelques compliments lancés par des fans.

La star du lieu procéda alors à la présentation de chacun des candidats dont certains étaient d'ailleurs des candidates. Le portrait qu'il fit d'eux fut sans concession et il ajouta même un soupçon de condescendance pour bien marquer qu'il était seul maître à bord et qu'il n'entendait pas se faire voler la vedette. Ainsi défilèrent les dix candidats bien décidés à franchir les étapes et les obstacles qui les séparaient encore de la fortune.

Le premier candidat, nommé Fidje devait séduire la candidate en se pliant à ses exigences. Les autres gars en coulisses allaient avoir leur chance aussi, mais Fidje devait être le meilleur. Quand il avait vu l'émission à la télé, il avait trouvé l'idée extra. Bien sûr, il faudrait passer par des moments un peu délicats où sa fierté pourrait souffrir, mais qu'importe, l'essentiel était le résultat. Et vu ce qu'avait empoché le gagnant de la semaine passée, ça valait vraiment la peine. Il était reparti avec dix mille unités. Une unité représentait le salaire minimum hebdomadaire. Cette unité de mesure avait été conservée parce qu'elle permettait de garder la valeur des choses. En effet, on pouvait aisément imaginer que cette somme permettait de vivre confortablement pour le restant de ses jours.

Fidge était donc très motivé pour décrocher le graal de cette soirée qui devrait marquer le début de sa nouvelle vie. Il s'était préparé des semaines durant, avait envisagé toutes les situations, avait tenté de se prémunir contre tous les mauvais coups. Mais celui de la séduction, il fallait bien dire qu'il ne le sentait pas trop. Il n'avait jamais excellé dans cette discipline.

L'entrée sur la scène était impressionnante. Même si l'après-midi avait été consacrée à des répétitions, ça glace le sang de voir tous ces gens dans les gradins et toutes ces caméras. On ne voit pas ça quand on est devant son écran. Il approcha du centre de la scène, là où étaient braqués les objectifs. Avec la chaleur, il transpirait drôlement et, chose inhabituelle pour lui, deux auréoles assez marquée se dessinaient sous ses aisselles. Mais il n'était plus temps de réfléchir, place à l'action !

Devant le public, il y avait cet animateur de l'ombre qui lançait les holographes « *riez* », « *applaudissez* », etc… Cela provoquait des réactions assez peu spontanées, mais rajoutait beaucoup quand on était devant le petit écran. Une partie du public avait eu droit à une heure de répétition pour ne pas se tromper entre les trois injonctions. En direct, ça aurait fait mauvais genre. Fidge se tenait maintenant devant l'animateur fétiche, celui qui avait fait la une de télé-scope la semaine dernière, équipé de son sourire numéro 214bis. La pression était grande et Fidge devait faire des efforts pour maîtriser son trac. L'animateur se pencha vers lui et lui posa une ou deux questions bien gentilles pour le détendre un peu et lui donner confiance.

— Bonjour Fidge, vous êtes notre premier candidat, comment vous sentez-vous ?
— ...Un peu tendu.

Mais il sent bien qu'il ne faut pas s'apitoyer sur son sort, que ce que les gens veulent c'est du direct, de l'action et des émotions. Alors il s'empresse d'ajouter :

— Mais je suis drôlement content d'être là !
— Bien Fidge, et que pensez-vous de Kimberley qui va maintenant vous mettre à l'épreuve ?
— Ben là, je dois dire qu'elle est drôlement belle !

En effet, la candidate se tient sur son estrade. Elle a été choisie par hasard parmi des centaines de postulantes, mais il se trouve qu'elle est effectivement superbe. Une vraie créature. Comme quoi le hasard peut être arrangeant, à moins qu'il soit possible de s'arranger avec lui. Elle lança un regard noir à Fidge, qui du coup fondit encore un peu plus pour se liquéfier sous les bras.

Dans le principe, la fille devait faire subir les épreuves de son choix aux candidats. Celui qui s'en tirait le moins mal remportait le pompon. Mais plus ils trébuchaient, plus elle marquait de points, il fallait bien un côté pervers pour créer de l'intérêt.

Au titre de la première épreuve décidée par la souveraine candidate, Fidge avait une minute pour lui déclarer sa flamme. Il était désorienté. Dans les émissions précédentes qu'il avait regardées à la maison, il s'agissait d'avaler des potions immondes, de se jeter dans l'eau depuis le haut d'un rocher, de mettre la main dans un sac sans savoir s'il contenait des serpents ou des rats affamés, bref, des épreuves physiques, mais réalistes. Pas de chance, cette semaine c'était une cérébrale.

Le public était ravi. Tout du moins, c'est ce que laissa penser une salve d'applaudissements savamment orchestrée par le chauffeur de salle. Fidge quant à lui essayait de rassembler ses esprits pour imaginer une tirade susceptible d'attirer l'attention de la dominatrice qui le surplombait grâce à un décor bien étudié. Il commença à se sentir ridicule et la tension continuait à monter. Mais le temps passait et il ne parvenait qu'à balbutier quelques formules beaucoup trop convenues comme « je vous trouve très belle... » ou pire encore « vous êtes libre ce soir ? ».

C'était le fiasco. Le public n'avait même pas besoin du chauffeur pour se manifester. Il riait aux éclats. Les auréoles humides et malodorantes continuaient de se développer et de conquérir la chemise du malheureux, plaquant le tissu contre la peau.

La voisine de Winston se tourna vers lui, ne lâchant pas sa télécommande pour continuer à enfoncer le soupirant maladroit.

— Il est gratiné celui-là, vous avouerez, lança la vieille dame en direction de Winston.
— Effectivement, répondit Winston avec un rictus.

Il était estomaqué par la visible jouissance de cette vieille femme face au désarroi grandissant du candidat qui continuait de subir les quolibets du public, les railleries de l'animateur et surtout le mépris de la nymphette dont le règne allait pourtant s'arrêter net dans quelques minutes.

Après cette première épreuve particulièrement difficile, la pin-up, triomphante sur son piédestal, décida de poser une question de rattrapage dont l'issue conditionnait la poursuite du jeu pour Fidge.

« Qui était la déesse de l'amour chez les grecs ? » lui lança-t-elle, hautaine et impatiente de montrer à nouveau son pouvoir d'un instant sur l'infortuné Fidge en même temps que son incommensurable culture. Ce dernier n'était pas un idiot, il répondait même plutôt bien aux questions des jeux lorsqu'il était bien installé dans son fauteuil. Mais là c'en était trop pour lui. On lui aurait demandé son prénom qu'il aurait probablement hésité. Ses auréoles se rejoignaient presque dans le dos et sur la poitrine. Loin d'être aphrodisiaque le jeu tournait au cauchemar. Du coup, il répondit n'importe quoi, comme pour se débarrasser de tout cela et mettre fin à cette situation grotesque. L'animateur, la créature, le public, les caméras, tout cela s'était mis à tourner devant ses yeux et il était à deux doigts de s'effondrer.

Après une annonce dont il ne capta pas distinctement les mots, il comprit simplement qu'il devait évacuer le plateau, ou l'arène, comme on voudra. Alors il s'exécuta, il s'en alla en titubant, saoulé par tant d'humiliation.

— Je ne sais pas si c'est lui qui est nul ou si c'est la petite qui est particulièrement douée, fit la vieille dame se tournant sur Winston.

Cette fois, Winston ne répondit pas. Il ne savait pas quant à lui ce qui l'impressionnait le plus. La sauvagerie du public qui se délectait des déboires d'un malheureux, les paillettes ridicules de l'animateur, le plaisir de sa voisine à accentuer la chute ou bien encore la capacité de certains de ses semblables à venir s'exhiber ainsi au risque d'être humilié et rabaissé.

Lorsque Fidge arriva en coulisses, deux autres candidats étaient en pleine concentration pour leur entrée en scène. Lorsqu'ils l'aperçurent dans cet état de déconfiture, ils eurent du mal à cacher leur étonnement. Mais, tout à leur excitation, ils le pressèrent de questions pour comprendre, savoir comment ça devait se passer quelles étaient les règles du jeu, ce qu'il fallait faire, ce qu'il fallait éviter, tout un flot de questions dont ils n'attendaient pas les réponses. Ils essayaient simplement de tromper leur peur et bien entendu de se rassurer sur l'état de leurs chances.

Fidge, qui atterrissait sur une planète qu'il semblait mieux connaître les regarda, commença à réaliser ce qui venait de lui arriver en voyant en eux celui qu'il avait été quelques minutes plus tôt.

Au prix d'un dernier effort, il retira sa chemise que ses auréoles avaient fini de coloniser et tendit à ses concurrents l'objet plutôt écœurant en leur disant simplement :

« Voici ce qu'il reste de mon amour propre, je vous salue, bonne chance à vous. ».

Lassé d'entendre vociférer sa voisine et abasourdi par l'absurdité du spectacle, Winston était sorti sans demander son reste. En retrouvant l'air libre de ce début de soirée, il se dit qu'il aurait mieux fait d'aller au cinéma….

Winston repensa à ce que lui avait dit un grand homme un jour. Le pire des dangers venait souvent des gens qui avaient acquis un petit pouvoir. Ils sont en effet les plus enclins à en abuser. La démonstration à laquelle Winston avait assisté ce soir-là avait été édifiante.

« *La Règle n'est pas un choix, elle est la solution* »

Ce matin, comme quasiment tous les matins, Winston se rendit à son travail, poussé par son entrain. Pour cela, il n'avait pas de problème vestimentaire puisqu'il enfilait tous les jours sur une sorte d'uniforme sombre et passe-partout. Ce qui avait au moins la vertu de lui éviter toute prise de tête matinale devant son miroir et d'aborder sa journée avec cet air primesautier. Dès le sortir du tube, il retrouva les autres agents, lesquels n'étaient pas toujours aussi enthousiastes. Winston fut tout de même ravi de noter que Jozuon n'était pas encore sur l'esplanade qui menait à l'immeuble des Administrations Centrales. Il prit donc l'ascenseur du personnel qui le conduisit à son pallier après quelques escales. Il longea le long couloir qui menait à son bureau, croisant de nombreux collègues qu'il salua respectueusement. C'est alors qu'il vit avec effroi qu'une silhouette bien connue l'attendait de pied ferme. Il s'agissait bien entendu de ce pot de colle de Jozuon. Il était donc arrivé en avance !... Celui-ci l'aborda dès son arrivée :

— Bonjour Winston, j'aimerais te demander un conseil, tu permets que je rentre un instant ?

Et en plus il se permettait de le tutoyer. Mais Winston était tellement irrité par ses méthodes qu'il ne put réprimer l'envie de le remettre à sa place.

— Savez-vous Jozuon qu'il est interdit de tutoyer un agent qui occupe un rang plus élevé que le sien ?

— Oui, mais... on a presque le même âge et tu... vous êtes accessible et sympathique, je pensais qu'on pouvait peut-être oublier cet article de la Règle tellement vieillot.

— Mais mon cher Jozuon, lorsque je suis entre ces mûrs, je suis un agent d'application de la Règle. Il ne m'appartient pas de juger sa désuétude, mais de veiller à son application et à trouver des solutions dans les cas litigieux. Un point c'est tout. Il va de soi que si je vous rencontrais dans un estaminet il pourrait en être autrement, mais ici, il n'en est pas question. Maintenant, si vous souhaitez me parler, vous pouvez entrer, mon premier rendez-vous n'est que dans huit minutes.

Winston appliqua son emprunte biométrique et poussa la porte de son box, invitant Jozuon, penaud, à le précéder. Ce que fit celui-ci presque timidement.

Winston, assez satisfait d'avoir remis ce petit arrogant là où il aurait dû se cantonner, n'était pas moins curieux de savoir ce qu'il voulait. Certainement une interprétation d'un article difficile. Winston s'installa derrière son bureau, invita Jozuon à s'asseoir, connecta son écran plasmique et se mit en position d'écoute, signifiant ainsi à son interlocuteur qu'il était disponible.

— Ecoutez, Winston, j'ai un conseil assez particulier à vous demander. En fait, je crois que vous êtes la seule personne dans tout l'étage à qui je peux demander ça.

Winston fut assez flatté de ce qu'il prit comme un compliment pour sa connaissance de la Règle.

— Je suppose que vous connaissez Nalala, la brune qui est au bureau des demandes insolites ?
— En effet, je vois qui elle est, répondit Winston un peu surpris.
— Et bien pour faire court, j'aimerais savoir ce qu'elle pense de moi. Je sais bien qu'on me prête un caractère extraverti mais en fait c'est tout le contraire, en tout cas avec les filles.

Winston était en effet très étonné de cette confidence. Lui qui l'avait pris de haut semblait se trouver devant quelqu'un qui lui accordait sa confiance et ses secrets. La carapace de Jozuon était donc si fine ? Toujours est-il qu'il ne fallait pas tout mélanger. Les Administrations Centrales étaient leur lieu de travail, pas de sujet de ce genre, beaucoup trop compromettant.

— Jozuon, ce que je vous propose, c'est que nous en discutions à l'extérieur, dans un cadre privé. Que diriez-vous de nous retrouver ce soir à « l'air de ne pas en avoir l'air ». Là vous pourrez m'expliquer. Et me tutoyer si vous le souhaitez rajouta-t-il comme pour se rattraper de son attaque trop brutale.
— Extra ! Alors à ce soir ! Et il sortit, visiblement soulagé.

Winston alla jeter un œil dans le couloir, Jozuon avait déjà disparu. Il retourna donc dans son box pour défendre ses concitoyens dans le respect de la Règle. Les cas de la journée ne furent pas très intéressants, mais il était amusé par cette idée de Jozuon amoureux d'une collègue. Sans aller jusqu'au lapin et la carpe, l'image que véhiculait Jozuon n'était vraiment pas celle de l'amoureux transi. Lui que rien ne semblait effrayer pour arriver à une réussite professionnelle, campé dans son personnage humainement médiocre, se rendait presque sympathique par cette révélation. Winston aurait eu du mal à imaginer Jozuon dans une histoire sentimentale avant cela. Il allait jusqu'à se dire qu'il s'agissait peut-être d'une ruse de la part de ce carriériste. Il pensait peut-être attendrir Winston en lui faisant des confidences très personnelles pour lui montrer son estime. Et pourquoi ne pas imaginer qu'il cherchait à le compromettre en le manipulant dans je ne sais quelle histoire sordide ? En fait, Winston ne put que conclure qu'il n'y avait rien à en conclure pour l'instant, mieux valait attendre le soir pour en savoir plus et comprendre où il voulait en venir.

Lorsqu'il prit sa pause du matin, il se rendit, comme d'habitude dans la salle prévue à cet effet où se retrouvaient la plupart des agents pour leur repos individuel réglementaire. Lorsqu'il se servit une boisson chaude et avant de s'asseoir pour prendre un peu d'air, il croisa Nalala. Il n'y aurait pas fait très attention en d'autres circonstances, mais aujourd'hui, lorsqu'elle lui sourit pour le saluer, il la trouva effectivement très belle. Il la suivit des yeux et ne put s'empêcher de se demander ce qu'une jolie fille dans son genre pouvait bien penser d'un gars aussi imbuvable que Jozuon, qui par-dessus le marché empestait le parfum de mauvais goût. De la feuille d'iziki avec du fumet d'andouille ! Un grand n'importe quoi. Certainement pas de quoi faire craquer une jolie plante en tout cas. C'était d'autant moins compréhensible qu'il suffisait de prendre un manuel des usages pour être informé des accords de bon goût. Plus Winston y pensait, plus il trouvait que Nalala possédait un sourire séduisant et moins il la voyait avec Jozuon. Mais après tout...

Finissant sa boisson, il salua quelques collègues et retourna vers son box. Il s'installa derrière son écran plasmique et au moment d'actionner le bouton pour indiquer qu'il pouvait recevoir le citoyen suivant, il remarqua un petit objet contre lui dans sa poche intérieur. Il ne pouvait s'agir de l'autotexte de la veille puisqu'il l'avait détruit et de plus, il avait changé de veste. Pourtant, en fouillant, il trouva à nouveau une puce, semblable à celle du jour précédant. Comme il avait épuisé le temps de sa pause, il décida de la laisser dans sa poche et de remettre à plus tard sa lecture, non sans regrets. Sa curiosité était excitée et il était impatient de connaître l'auteur et les intentions de ces missives aux allures clandestines. Pour autant, il voulait profiter de ce moment sans être dérangé.

Lorsque l'heure de la sortie du bureau fut arrivée, Winston se sentit impatient de se diriger vers l'ascenseur. Il épia avec une relative discrétion tout ce qui pouvait ressembler à une femme qui aurait pu avoir l'idée de lui glisser des autotextes dans la poche au hasard d'un contact furtif. Mais la cohue habituelle qui menait à l'élévateur réservé au personnel rendait la tâche très difficile. Il s'agissait d'un coude à coude de tous les instants. Les contacts, les odeurs, les regards, les conversations, tout ça se mêlait et rendait le discernement compliqué. Il se laissa donc porter jusque dans la cabine sans avoir réussi à orienter ses soupçons sur qui que ce soit. Il arriva au tube transporteur et ce fut avec un brin de déception qu'il sélectionna sa destination sur la console de la cabine. Mais puisqu'il avait quelques minutes avant d'arriver en ville pour rejoindre Jozuon, il prit le second autotexte de sa poche et chaussa ses lunettes pour en lire le contenu.

Cher Winston,

Ceci est mon second contact et tu te demandes certainement qui je suis. Je peux simplement te dire que tu me croises chaque jour. J'aimerais beaucoup te rencontrer dans des conditions extérieures au travail. Je brûle souvent de t'interpeller dans le couloir, dans le coin de repos ou dans l'ascenseur, mais je continue à me l'interdire. Je dois t'avouer mon admiration, même si je le fais sous couvert de cet anonymat confortable. Je suis impressionnée par tes actions et si j'osais, j'aimerais m'en ouvrir à toi.

A toute à l'heure certainement, je t'approcherai, mais tu ne sauras pas qui je suis.

Bien à toi,

PS : merci de toujours détruire mes autotextes (il pourrait en effet y en avoir d'autres...)

« Il pourrait y en avoir d'autres... ». J'espère bien qu'elle ne va pas s'arrêter là ! Si elle brûle, moi je vais me consumer si je n'en sais pas plus. ». Mais que lui voulait cette femme ? Pourquoi tant de secrets ? Et pourquoi utiliser cette façon si archaïque de communiquer ? Personne n'utilisait plus les autotextes depuis bien longtemps. Le seul intérêt était qu'ils n'étaient pas traçables dans la Grande Mémoire puisqu'il n'était pas nécessaire d'utiliser une console pour les écrire. Ils échappaient donc en général à la vigilance et n'étaient pas répertoriés. Ceci n'était d'ailleurs pas sans poser des problèmes à Winston pour certaines plaintes.

La décélération rapide de la cabine tira Winston de sa torpeur. Il était arrivé devant l'estaminet *« L'air de ne pas avoir l'air »*. L'endroit était réputé pour la qualité de son air sursaturé et il ne lui fallut pas longtemps pour s'y installer et se voter quelques bouffées réparatrices. Jozuon ne tarda pas à le rejoindre. Il apparut très énervé. Il avait un peu perdu cet air sévère qui lui colle à la peau dans les couloirs de l'Administration Centrale. Il ressemblait plutôt à un môme à la recherche de ses repères. Lorsqu'il aperçut Winston, il fonça vers lui.

— Je suis vraiment content qui tu aies accepté de

m'écouter Winston, dit Jozuon en s'installant.

— Mais c'est bien normal. Et puis, il faut bien faire la différence entre ce qui se passe à l'Administration Centrale et ce qui peut se passer dans notre vie privée. Sache qu'il y a 74,7% des agents qui ont l'habitude de voir des collègues en dehors du cadre professionnel.

— T'es quand même un sacré personnage ! On dirait que la Règle, c'est toi qui l'as inventée. Tu es tellement toujours à la respecter, à l'expliquer, c'est ahurissant. Ca ne te gêne jamais ?

— Non, répondit Winston un peu surpris. Mais je ne pense pas que tu sois venu me demander une consultation sur la Règle.

— Effectivement. Le sujet est même très différent, c'est Nalala qui m'intéresse.

— Je l'ai rencontrée ce matin au café, je dois dire que tu as bon goût, elle est… charmante.

— Elle me fait complètement flipper ! Je n'ai jamais connu ça. Il ne faut pas croire les apparences, la plupart des gens croient que je suis un type très sûr de moi et me trouvent même suffisant. Alors qu'en fait, je suis timide comme tu aurais bien du mal à l'imaginer.

— Attends, Jozuon, l'interrompt Winston, Tu affiches une assurance sans faille, tu arbores des tenues calées sur la dernière mode et on a toujours l'impression que tu sais exactement où tu vas et comment tu vas y aller. Alors effectivement, penser que tu es extrêmement introverti m'est difficile. Il n'y a que tes parfums qui soient un peu… Winston s'arrêta net.

— Mes parfums ? s'étonna Jozuon. Qu'est-ce qu'ils ont mes parfums ?

Winston se rendit vite compte qu'il venait d'asséner à Jozuon ses quatre vérités de façon un peu violente et surtout sans raison réelle. Ce dernier venait chercher conseil, voire son amitié et il prenait un smash redoutable dès son arrivée. Pas très fair-play. Aussi, tenta-t-il de se rattraper au plus vite.

— Remarque reprit-il, ce ne sont que les apparences, la vérité vraie peut être toute autre. Tu serais donc timide...

Jozuon reprit la main.

— Ben oui, faut pas croire, tout ça c'est pas faux, je sais bien que c'est l'image que je donne, mais en fait ce n'est qu'une carapace, une protection pour ne pas montrer ma véritable nature. Sinon, tu crois vraiment que je serais là, à chercher les mots pour te demander ton avis sur « comment aborder la collègue de notre étage qui me fait craquer depuis des mois ? ». Non, franchement, il y a deux choses qu'il faut que tu saches. La première est que je suis admiratif devant ce que tu fais au boulot et ça, ça m'a déjà coûté pas mal de réussir à te le dire. La seconde, est que je me cache derrière un tas d'artifices pour camoufler mon manque d'assurance. Visiblement, d'après ce que tu me dis, l'illusion est assez bonne !

Voyant que Jozuon le prenait plutôt bien, Winston tira sur sa vanne d'air sursaturé et se détendit dans son fauteuil.

— Effectivement, tu fais bien illusion dit Winston. Alors dis-moi qu'attends-tu de moi ? Que puis-je faire pour toi ?

Après quelques bouffées salvatrices et destinées à l'aider à dépasser sa timidité, Jozuon répondit avec application.

— C'est pas compliqué. Je suis totalement tétanisé à l'approche de Nalala. Dès que je suis à moins de dix mètres, j'ai l'impression d'avoir douze ans. Il m'est complètement impossible de l'aborder. Je ne sais pas comment prendre la chose, je ne sais pas comment l'approcher, c'est terrible. Tu ne peux pas savoir comme c'est dur. Et comme tu es le seul en qui j'ai confiance dans ce service, c'est tout naturellement à toi que je fais appel. Si j'avais le moindre doute sur ta droiture, jamais je ne serais venu te brancher.

— Soit, très bien, mais quel rôle me vois-tu jouer dans ta romance ? demanda Winston.

— Là encore c'est très simple, je voudrais que tu la sondes sur ses sentiments vis-à-vis de moi.

— Ah… Je suis flatté de ta confiance, mais tu crois vraiment que je peux aller la voir comme ça et lui demander « dites-moi mademoiselle, que pensez-vous du jeune homme là-bas qui est éperdument épris de vous ? » ?

— Pas vraiment, bien sûr. Mais si tu l'approches petit à petit, tu sauras gagner sa confiance et finalement connaître ses aspirations. C'est pas invraisemblable ?

— Invraisemblable non, mais réaliste, je ne suis pas sûr. D'autant que comme je te l'ai déjà dit, mélanger le personnel et le professionnel n'est pas vraiment dans mes usages. Et puis ça me donne l'impression, à moi aussi, d'avoir douze ans !

— Je comprends bien, je peux même dire que je m'en doutais. Mais il faut que tu te rendes compte de l'effort monumental que j'accomplis en venant te parler ainsi. Ça te donne une idée de l'importance que ça revêt pour moi. Je ne veux te forcer à rien, j'aimerais juste savoir dans quelle mesure tu peux me donner un coup de main. Même pas grand-chose, trouver un indice, une voie que je pourrais suivre, monter une situation que je pourrais exploiter, je ne sais pas…

Jozuon se tortillait sur son siège et s'animait au fur et à mesure qu'il s'exprimait. Winston sentit qu'effectivement, le sujet lui tenait passablement à cœur. A tel point qu'il aurait bien cédé à sa demande si cela lui avait été possible. Mais comment aurait-il pu l'aider en quoi que ce soit ? Il n'allait tout de même pas lui « arranger un coup » comme ça, dans son service. D'ailleurs, Il ne connaissait pas vraiment Nalala, même s'il l'avait trouvée jolie à la pause du matin, elle n'était qu'une employée du même service, pas plus. Evidemment, ce n'était pas l'idée d'avoir à l'approcher qui rendait le dessein irréalisable. L'idée était plutôt séduisante, voire intéressante. Mais il était totalement inconcevable d'adhérer à ce type de manœuvre dans le cadre de la Grande Administration. En tout cas pour lui, Winston, dont le devoir était incontournable lorsqu'il était entre ces mûrs, cette perspective était un non-sens.

Pourtant, Winston hésitait presque à exprimer son refus catégorique à Jozuon tant celui-ci lui paraissait sincère, cassant ainsi l'image d'arriviste détestable qu'il avait de lui jusque-là. Cette histoire le rendait indiscutablement humain, fragile et donc attachant. Winston ne savait y être insensible.

— Ecoute, dit Winston après que Jozuon a argumenté encore et encore sur l'impérieuse nécessité de faire appel au service de son nouvel ami.

— Je ne peux pas faire ça, et je crois que tu le sais. Alors voilà ce que je te propose. Il me semble que Maol, des affaires domestiques urgentes connaît plutôt bien Nalala, puisqu'ils travaillent souvent sur les mêmes dossiers. Or, c'est un ami de longue date. Je vais donc essayer d'en savoir plus par ce biais, tout en essayant, bien entendu, de préserver ton anonymat. Cela pourrait-il te convenir ?

— Mais tout me va plutôt que l'inaction et l'incertitude, l'ignorance et l'impuissance s'exclame

Jozuon. Rien que le fait que tu t'intéresses à mon cas et que tu décides de m'aider est une grande nouvelle pour moi. Tu ne sais pas à quel point ça me fait plaisir.

Jozuon semblait transfiguré et manifestait un enthousiasme qui ne pouvait être feint. Même si l'air sursaturé n'y était pas totalement étranger, Jozuon était euphorique. Le reste de la soirée se passa comme si les deux compagnons avaient été de véritables amis depuis des décennies, puis chacun rentra chez lui à l'heure de la fermeture de l'estaminet. Le lendemain, ils avaient une place à tenir à la Grande Administration.

« L'éducation construit, la Règle épanouit »

Pour faire des affaires, il faut faire partie des bons réseaux. Tout le monde sait cela. Tout du moins ceux qui se sont frottés aux affaires. Sigmund, en tout cas, le savait et il était très actif dans un réseau en vue, regroupant des gens comme lui, partageant les mêmes objectifs et les mêmes valeurs. C'est une façon de recréer un corporatisme post-estudiantin, d'échanger sur des sujets sans risque de désaccord. Un rassemblement de personnes dont les intérêts sont communs, les façons de faire sont identiques et les idées sont similaires.

Quoi de plus réjouissant dans ces conditions, que de se retrouver pour deviser sur les enjeux du monde, le désintérêt des autres pour le travail, la valeur des acteurs de leur espèce.

Un brin d'autosatisfaction plus une pincée de nombrilisme et un soupçon de mauvaise foi pour l'assurance de passer un bon moment entre amis. Cette fois-là, Sigmund s'était rendu dans un hôtel de luxe pour participer à un week-end d'étude dont le thème devait être « *Comment l'employé peut être fait acteur du profit* ». Tout un programme.

Depuis l'avènement de la Règle, un certain nombre avait pu profiter du système pour s'enrichir et construire un véritable pouvoir. Un peu comme durant les lointaines périodes de guerre dont on dit que certains auraient prospéré et même construit des empires.

Lors de cette rencontre, pas de richissime réussite, mais une assemblée d'individus avides de grandeur et de façon générale assez satisfaits d'eux-mêmes. Le programme de la première soirée était assez léger, une petite séance de travail en groupe avant un repas commun et une dégustation d'air sursaturé de nouvelle génération. De quoi créer une ambiance insouciante, renforcer des liens et pourquoi pas, faire quelques affaires.

Aussi, lorsque Sigmund arriva à l'hôtel, lieu du rendez-vous, avait-t-il l'esprit léger et détendu. Il se présenta à la réception, appliqua son identification biométrique et reçut en échange les coordonnées de la chambre qui lui était réservée. Il alla y déposer rapidement ses affaires avant de rejoindre la troupe dans le grand salon.

Là, point de surprise, une foule de personnes qui se ressemblent et par conséquent s'assemblent. Les discussions allaient bon train et Sigmund fut très enclin à y prendre part. Il se joignit donc à un groupe parmi lequel il avait repéré un type avec qui il avait travaillé quelque temps auparavant. Il y avait là une brochette de responsables et de promoteurs de telle ou telle initiative, et même un directeur de programme. C'est à ce moment que Sigmund remarqua une blonde platine qui était coincée entre deux grands gaillards. Etait-ce possible ?

Sigmund eut donc la vision furtive d'une créature qui se tenait entre deux de ses collègues barbus. Une lueur avait subrepticement fait irruption dans ce cercle sinon austère, au moins sans charme. Or, Sigmund avait décelé un peu d'astuce et une pointe d'espièglerie dans cette image subliminale. Lorsque l'image réapparut, elle passa de subliminale à sublime. Sans s'en rendre compte, Sigmund était dans les conditions idéales et même mieux encore pour faire une rencontre. Lui, venu là pour nouer des liens d'affaires et exister dans ce monde impitoyable, était à présent captivé par une petite blonde aux allures un tantinet exubérantes. Un peu *"fashion victim"* et très attentive à ce qu'on la remarque, elle semblait avoir quelque peine à intervenir dans la conversation, mais tentait de commenter en *off* avec son voisin le plus proche avec un sourire qui laissait supposer un contenu acide ou sarcastique. Néanmoins, sa présence troubla profondément Sigmund, à tel point que la tournure de la soirée et même du week-end prit une nouvelle forme dans son esprit. Ses objectifs furent modifiés en conséquence. Sigmund n'était pas du tout un Don Juan ni un butineur, profiteur ou autre. Il était fidèle depuis des années à son amie, mais le temps aidant, il se rendait compte que l'amour s'était transformé en amitié solidifiée et protégée par un nombre incalculable d'habitudes. Une paralysie qui finissait par rendre une relation jadis dynamique, riche et joyeuse en une affection basée sur l'accoutumance. La crinière platine de la demoiselle postée entre ces deux cravatés venait de provoquer une décharge dans son esprit. Sa programmation intime et profonde s'en trouva soudainement modifiée. Sa boussole interne venait de découvrir que son aimantation l'attirait vers un nouveau pôle magnétique. La foudre qui venait de le traverser avait modifié sa charge électrique et perturbé le champ électrique induit. Ainsi, en un éclair, la direction indiquée par son aiguille fut déviée, dictant par là même une nouvelle direction à sa vie.

En effet, nul besoin d'en faire des tonnes, d'accumuler les descriptions et les situations sans ambiguïté, la blonde en question avait flashé de la même manière et le séminaire tourna court. En quelques regards, les deux victimes de cette même déflagration se retrouvèrent au bar, seule à seul et passèrent la soirée à se raconter, s'embrasser puis s'embraser, naturellement.

S'ensuivit une nuit qu'il ne serait pas convenable de raconter, si ce n'est pour dire qu'elle eut pour mérite de réveiller un certain nombre de sens que Sigmund pensait éteints, atrophiés, voire n'ayant jamais existé. Bien entendu, le séminaire n'eut plus aucune importance et les deux foudroyés brûlèrent la fin de ce week-end par les deux bouts. Il y avait eu un avant et il y aurait un après. On pourrait donc dire que ce week-end avait contribué à remettre les boussoles à l'heure. Sigmund, bardé de principes, de théories et de techniques pour gérer les émotions, les réactions et les relations humaines venait de basculer dans un monde où il ne maîtrisait pas ce qui allait se passer, où la spontanéité avait sa place et où l'important n'était pas de prévoir et d'anticiper.

Ce week-end fit place à une grosse remise en question de la part de Sigmund. En effet, ce qui l'attendait à la sortie de cette mythique fin de semaine, il allait devoir le « gérer » comme il se plaisait à le dire. Affreux mot employé à toutes les sauces, détourné, abusé, et par conséquent usé pour devenir d'une grande pauvreté sémantique. Il n'en restait pas moins qu'il ne voyait pas d'autre issue que de l'annoncer à son amie, titulaire du poste depuis une décennie. Il savait qu'en faisant cela, il allait briser son quotidien rassurant et huilé et ça n'allait pas être de tout repos. On ne tire pas un trait sur une partie de sa vie avec autant de facilité et de simplicité. Les milliers de petits détails qu'il allait falloir prendre en compte, toutes les petites cassures que cela allait occasionner, tout cela prenait forme dans son esprit. Du coup, les quelques jours qui suivirent, Sigmund fut assaillit par le doute. Il se sentit à un carrefour. Une route le laissait poursuivre dans la continuité, sans rien changer et donc sans risque, mais aussi sans surprise ni réel plaisir, juste des certitudes. De l'autre, une partie inconnue, attirante mais peut-être risquée se présentait à lui. La nécessité de son choix se matérialisait très simplement. D'abord l'insistance de Kalvine, la blonde, qui le relançait sans cesse, puis l'énorme difficulté qu'il avait à présent de côtoyer son amie Alba sans lui dévoiler la vérité et l'explosion qui venait d'avoir lieu entre ses oreilles. Il n'arrivait pourtant pas à choisir même s'il était bien conscient que cette situation ne pourrait pas durer plus de quelques jours.

Au fil du temps, le contact d'Alba devenait toujours plus insupportable. Son attitude n'avait pas changé et elle n'avait pas fait quoi que ce soit qui puisse le justifier réellement, mais Sigmund était irrité dès qu'il s'agissait d'elle, dès qu'elle intervenait, dès qu'il était en sa présence. Tout en elle lui semblait détestable et provoquait son rejet. Sans que ce soit rationnel, il ne supportait plus rien d'elle. Il ne voyait plus que les petits détails qui ne faisaient que l'irriter habituellement, mais qui semblaient maintenant totalement invivables.

Après deux jours de composition, il était au bord de la crise. Sa tête était proche d'exploser entre les sollicitations de Kalvine et son aversion toujours grandissante envers Alba. Sigmund commençait à perdre son flegme légendaire et sa maîtrise toujours si parfaite. Il était temps de se reprendre en main et de ne plus laisser le destin décider pour lui. Il devait remettre sa vie entre ses propres mains et se débarrasser de tout ce qui pouvait le détourner de sa lucidité et de la route qu'il s'était fixée. Ce fut donc décidé en un instant, il allait agir.

Sur le trajet qui menait Sigmund et Alba du travail à leur appartement ce soir-là, l'ambiance était calme, principalement parce qu'à cette heure tardive, les transports ne sont pas bondés. Sigmund décida donc qu'il s'agissait du moment propice à un « éclaircissement ». Il devait le faire, il avait décidé que ce serait maintenant et qu'il le ferait à sa manière, avec son style.

— Alba, ce que je vais te dire va peut-être te surprendre, je souhaiterais en tout cas que cela ne soit pas douloureux, mais il faut que je te dise que j'ai décidé de te quitter.

A la fois la situation d'une intimité relative et la formulation d'une concision redoutable semblèrent momifier la jeune femme. Elle savait Sigmund capable de brutalité verbale, elle l'avait déjà vu assassiner des gens avec des formules très directes et ce, sans jamais une attaque personnelle ; simplement avec une sentence factuelle et froide, d'une effroyable efficacité. Mais là, il ne s'agissait pas de travail, pas de remettre un client dans le droit chemin de la relation humaine, mais de leur vie à elle et à lui. Pourtant, à y réfléchir une fraction de seconde, le style était bien là : le sien. Aucune mise en cause personnelle, juste un fait : « j'ai décidé de te quitter ». Alba le prit comme il lui avait été donné : violemment. Elle resta interloquée quelques secondes, la bouche entrouverte et les yeux dans le vague. Sigmund quant à lui se sentait soulagé de s'être délesté de cette douloureuse action mais ressentait lui aussi un grand malaise de rupture. Il venait d'officialiser cette fracture dans leur vie qui allait fatalement mettre du temps à cicatriser. Et finalement, il ressentait une sorte de pitié pour Alba, il se demandait presque comment elle allait pouvoir faire sans lui. Comment elle allait pouvoir affronter la vie sans son aide. C'est vrai après tout, comment un petit oiseau pareil allait pouvoir survivre sans sa protection, sans son guide, son père nourricier, celui qui depuis toutes ces années réfléchissait pour elle, agissait pour elle, la faisait avancer dans son sillage en écartant toutes les difficultés et contingences ?

Lorsqu'Alba reprit un peu ses esprits elle lui posa la rituelle question :

— Tu as rencontré quelqu'un ?

— Non, pas du tout, mentit Sigmund sans réfléchir.

Mais il n'avait pas envie qu'Alba approfondisse le sujet et se mêle de sa nouvelle vie. Tout ce dont il avait envie était de ne plus la voir, de ne plus être en contact avec elle, de ne plus partager sa vie, son appartement, de ne plus subir ses gestes, ses réflexions qu'il aurait pu réciter à l'avance.

Alba n'eut pas la force d'aller plus loin dans ses investigations et consacra ses dernières forces à rejoindre l'appartement, totalement accablée. Sigmund la suivit dans le simple but de poursuivre son plan aussi élémentaire que classique qui consistait à rassembler quelques affaires pour aller dormir dans un hôtel de quartier.

Il laissa donc là Alba, sa vie d'avant et la plupart des objets qui pouvaient l'y rattacher. Il partit en tirant sa petite valise de voyage délicieusement assortie à sa sacoche de travail, laissant là ce qui avait été sa vie, sans la moindre hésitation, exécutant simplement le plan qu'il s'était fixé. Il claqua la porte sur ce passé auquel il trouvait aujourd'hui une saveur rance.

Au moment de monter dans le tube, il reçut un appel. Il chaussa ses lunettes et prit la communication, un peu pour se distraire. Il s'agissait de Kalvine. « C'est la série » pensa-t-il. Elle était dans son appartement avec la vanne d'air sursaturé à proximité.

— Salut, lui dit-elle.
— Salut lui répondit-il presque froidement.
— Tu me fuis ? Je n'arrive pas à te joindre. Je te fais peur ?
— Pas du tout, rétorqua Sigmund qui retrouva subitement sa fierté.

Il eut cette réaction qui concentre son énergie pour redonner cette image impitoyable, cette froideur et cette façade rigide derrière laquelle il se réfugiait si facilement. Avoir peur d'elle ? Mais pour qui pouvait-elle se prendre pour imaginer une chose pareille ? Il se sentait agressé par ces paroles et la décharge émotionnelle qu'il venait de subir le rendit extrêmement tendu.

— Qu'est ce qui ne tourne pas rond alors ? J'ai passé un week-end fantastique, ça faisait tellement longtemps que j'attendais ça ! Et j'ai la faiblesse de croire que tu n'as pas été indifférent, toi aussi. Alors pourquoi je n'ai plus de signe de ta part ?

— Ecoute, je ne veux pas te faire de peine.

— Comment ça ? interrogea Kalvine.

— Je ne vais pas te dire que je n'ai pas passé un bon moment ce week-end, ce serait mentir. Mais je pensais que tu savais que ce serait sans lendemain. J'ai apprécié de passer ce week-end avec toi, mais franchement, plus, ce n'est pas mon truc. Je n'ai aucune envie d'aller plus loin avec toi. S'il faut t'expliquer plus clairement, pour la partie de jambe ne l'air t'étais parfaite, pour l'amour éternel, on n'est pas en phase. Alors je t'avoue que si tu pouvais arrêter de me pourrir avec tes appels, ça frôle le harcèlement et ça commence à me pomper l'air. Tu devrais prendre quelques bouffées d'air que je vois à ta portée et passer à autre chose. Content de t'avoir connue.

Il coupa la communication. Elle ne rappela pas. La concision et l'efficacité de Sigmund venait de frapper pour la seconde fois en quelques minutes. Lui n'était pas plus à l'aise que la première fois parce qu'il savait qu'il venait de tourner les talons à ce qui aurait pu être une aventure et une histoire. Mais sa fierté lui dictait de ne pas l'avouer, y-compris à lui-même. Il venait, comme cela lui arrivait parfois, d'agir de façon brutale pour réagir face à une peur. Parce qu'il avait bien eu peur, pas vraiment de Kalvine, mais plutôt de la relation qu'il aurait pu initier. Sigmund était au cœur de ses contradictions et se retrouvait face à lui-même, dans une solitude qu'il pensait salvatrice et nécessaire pour rester maître de son destin. Il y avait bien peu de choses pouvant être plus importantes que de rester maître de son destin.

Il passa donc son chemin jusqu'à un hôtel qui l'accueillit dans ses murs un peu vétustes et son ambiance quelque peu désuète. De quoi se taper une bonne déprime quand on ne sait pas si on vient de faire les bons choix. Il venait en un instant de finalement refuser les deux possibilités qui s'offraient à lui. Il allait reprendre depuis la page blanche.

Sigmund a dû, cette nuit-là, consommer la moitié de la réserve d'air sursaturé de tout l'hôtel. Il ne trouva le sommeil qu'au petit matin, peu de temps avant de devoir se lever pour aller travailler. Il avait eu le temps de se refaire le film de ces derniers jours et de se reconstruire quelques certitudes, histoire de retrouver son aplomb mythique et de pouvoir afficher à nouveau cette apparence flegmatique qui constituait son masque. Celui-ci formait son attribut indissociable de sa personnalité. Il faisait indéniablement partie de l'image qu'il s'était façonnée et en était même la pièce majeure. Associé aux petites phrases professorales, parfois sentencieuses, le style était là, bien rôdé, comme un rôle qui colle à la peau jusqu'à ne plus pouvoir être dissocié du personnage.

« *Chacun peut avoir des doutes, la Règle apporte des réponses* »

Winston posa son chapeau sur le porte manteau. Rien à voir avec James Bond, juste un chapeau sur un porte manteau réglementaire. La soirée de la veille le hantait un peu. Cette histoire avec Jozuon le tracassait. Un certain nombre de choses n'étaient pas nettes. Jozuon, son apparence de jeune premier intrigant qui finalement serait un personnage hyper sensible, de surcroit amoureux et tellement emprunté qu'il serait incapable de déclarer ses sentiments à une charmante demoiselle de son service. Un peu rocambolesque… Pourtant, il avait promis à Jozuon d'essayer de se renseigner sur la demoiselle en question. Or, une parole était une parole et Winston n'en avait qu'une. Ce n'était pas écrit dans la Règle, mais dans la ligne de conduite de Winston.

En arrivant au bureau ce jour-là, Winston prit connaissance de la phrase du jour, affichée en gros caractères au-dessus du parvis de la Grande Administration.

« *La Règle est pour tous, Elle est le salut de chacun* »

Il pensa qu'il préférait les phrases un peu plus concrètes, celles qui ancraient les avantages de la Règles dans le quotidien des concitoyens, celles qui donnaient des conseils pratiques, des astuces et des ficelles pour améliorer la vie ordinaire des gens ordinaires.

Il était perdu dans ses pensées lorsqu'il pénétra dans son box. Il était en avance, il n'avait pas croisé beaucoup de ses collègues. Il allait pouvoir s'installer tranquillement, faire les mises à jour de la Règle avec son écran plasmique et même lire les nouvelles avant d'accueillir son premier cas. Une fois son chapeau accroché, il s'assit confortablement et alluma son écran plasmique. Tandis que les membranes commencèrent à donner vie aux premières images holographiques, il aperçut une puce qui avait été déposée bien en évidence sur son bureau. Il s'agissait certainement de l'un de ces autotextes ! Quelle audace de pénétrer dans son bureau en son absence pour lui communiquer ce nouveau message. Il n'en revenait pas. D'ailleurs, comment était-il possible de pénétrer dans ce bureau en dehors des heures ouvrables ? Il s'agissait d'une véritable énigme. Mais Winston n'était pas d'humeur à philosopher, il chaussa nerveusement ses lunettes de vision et introduisit la puce tellement obsolète dans le logement de lecture et visionna le contenu de ce nouvel autotexte.

Cher Winston,

Bien consciente du problème que doivent te poser ces mystères, j'espère que tu comprends que je les entretiens par nécessité. Si je le pouvais, je franchirais cette barrière. Mais c'est impossible pour l'instant. Cela dit, je suis confiante, je vais trouver le moyen de te contacter directement, afin de pouvoir t'approcher, te parler et échanger sur les sujets qui, j'en suis sûre, nous rapprochent. Ta connaissance de la Règle m'impressionne et je sais que tu es aussi une personne très attentive aux autres. Cher Winston, mon impatience devient insupportable, chaque fois que je te croise, je n'ai qu'une envie, celle de t'interpeller et de briser cette distance que je nous impose.

Cependant, il ne faut pas que tu craignes que je mette en péril ta position dans la Grande Administration. Je saurai créer un contact en dehors de ces mûrs austères.

Bien à toi.

Winston se fit basculer dans le fond de son fauteuil. Il se sentait un peu ridicule et surtout très impuissant. Il ne pouvait rien faire d'autre que d'attendre, de patienter bien sagement que cette demoiselle veuille bien lui faire un signe pour le rencontrer et enfin il saurait. Un frisson lui parcourut la moelle épinière. Il n'était pas aussi évident qu'il s'agisse d'une jeune demoiselle, il pourrait tout aussi bien s'agir d'une vielle édentée, en quête de jeunesse et de sensations, coupable d'un penchant inavouable qui expliquerait sa prudence, voire sa clandestinité. En y pensant plus avant, la méthode des autotextes plaiderait même dans ce sens puisqu'ils n'étaient plus utilisés depuis de nombreuses années. Il aurait pu s'agir d'une pratique apprise dans sa jeunesse qu'elle n'aurait jamais abandonnée.

Mais non, Winston se rassura en se rappelant que seuls les autotextes ne pouvaient être tracés par la Grande Mémoire, justement en raison de leur vétusté. Et puis, surtout, ce n'est pas l'histoire à laquelle il avait envie de croire. Alors il la balaya d'un revers et se mit à passer en revue toutes les filles pouvant potentiellement être l'auteur de cette série de messages à suspens.

Il y avait Wasa, la grande spécialiste des affaires liées au chapitre XXXII de la Règle, celui que traitait des successions et de l'hérédité. Mais l'idée n'était guère émoustillante parce que Winston n'appréciait pas son physique très charpenté, pas plus que son allure de commandant en chef. Il y avait également Dall'i, la petite nouvelle très mignonne et délicate, elle officiait dans le même registre que Jozuon et saurait certainement faire sa place dans ce service grâce à ses talents et sa frimousse à laquelle rien ne pouvait résister. Mais malheureusement, elle était là depuis trop peu de temps pour connaître suffisamment Winston et s'adresser à lui ainsi.

Cela pouvait être Hankea, la juriste du groupe, mais affublée de ses airs de femme excédée et parfois excessive, elle ne collait pas avec le personnage mystérieux des messages reçus. Il y avait encore Picaram, Tamos, Anastis, Mitris ou encore Makamiz, mais aucune n'arrivait à convaincre Winston. Chacune avait une caractéristique rédhibitoire. Aucune n'avait le profil de la clandestine que Winston avait envie d'imaginer derrière les autotextes. Ce n'est qu'après ces instants de réflexion que son esprit fut heurté par l'idée qu'il y avait également… Nalala. L'idée le frappa aussi violemment que le mur du son lorsque le tube l'emmenait en banlieue extérieure. La détonation fit des dégâts entre ses oreilles. Nalala !... Bien sûr ! Que n'y avait-il pensé plus tôt ? Elle avait tous les atouts que Winston pouvait passer en revue. Les attributs nécessaires pour le séduire et les caractéristiques qui rendaient plausible sa relation avec les autotextes. En fait, Winston n'avait aucun élément probant ou convainquant dans ce sens mais Nalala provoquait en lui un mélange de griserie et de fantasme, une sorte de nuage cotonneux sur lequel il se voyait bien flotter pour survoler les environs, le bureau, la ville et aussi, il faut bien le dire, dominer Jozuon. On a beau être un exemple, un modèle professionnel et un type irréprochable, ça fait du bien de sentir que l'on peut tenir le dessus, dominer les éléments, voler au-dessus de la mêlée, surplomber les petites choses de la vie, se sentir porté par une main surnaturelle et élevée pour quitter les contingences des mortels, ne plus offrir d'adhérence aux petites emmerdes du quotidien et atteindre la sérénité dont chacun rêve ne serait-ce qu'un instant. Ça peut sembler beaucoup, mais c'est un concentré de ce que ressentit Winston lorsque l'idée lui vint que Nalala pouvait être à l'origine de ces messages mystérieux.

Nalala. Nalala ? Nalala ! Elle n'existait pas dans sa vie il y a encore deux jours, et voici qu'elle venait se poser là, au beau milieu de son quotidien, à le provoquer dans son travail, le déstabiliser dans ses sentiments et le mettre en porte-à-faux vis-à-vis de Jozuon. Tout ça d'un seul coup, au travers de trois autotextes lapidaires, sans vraie motivation, juste quelques phrases sans engagement sur un support indétectable par les autorités. Pour la première fois de sa carrière, Winston eut envie, dès son arrivée au bureau, de voir sa pendule afficher l'heure de la pause. L'occasion d'approcher celle qui était certainement la source des troubles qui l'assaillaient depuis quelques jours.

Ni l'utilisateur illicite du bac à fleurs de sa voisine, ni la charmante artiste spoliée de ses droits d'auteur ne réussirent à le divertir réellement.

Lors de la pause du matin, Winston se dirigea naturellement vers la salle de repos dans l'espoir d'apercevoir Nalala. Il ne pourrait certainement pas l'aborder, mais il pourrait l'observer afin de tenter de déceler un signe, un geste qui confirme qu'elle était à l'origine des messages qui attisaient sa curiosité et même un peu plus. Il avait passé beaucoup de temps à y réfléchir, il ne voyait qu'elle pour coller au profile de l'auteur des mystérieuses missives. Mais dans le même temps, le doute était toujours présent et elle seule détenait la clé et le pouvoir de faire émerger des certitudes.

Il arriva le premier et eut le temps de se servir un café avant que ne se présente un de ses collègues en la personne de Maol.

— Salut, fit Winston.

— Salut, répondit Maol arborant son sourire si caractéristique. C'est plutôt rare de te voir ici.

— T'as raison, mais ce matin, j'ai eu un désistement juste avant l'heure de la pause, alors j'en profite, mentit Winston.

— Moi je suis un peu à la bourre aujourd'hui parce que Nalala n'est pas là, j'ai donc dû répartir ses rendez-vous entre les membres de l'équipe. D'ailleurs, j'y retourne. Salut Winston.

Là-dessus, Maol prit son café et repartit vers son bureau, laissant Winston avec sa tasse à la main et sa déception flagrante. Il ne verrait pas Nalala aujourd'hui, il n'en saurait pas plus, aujourd'hui encore il allait échafauder des hypothèses, tirer des plans sur la comète et se retrouver seul face à ses interrogations. C'est donc dépité qu'il regagna son box et qu'il aligna les rendez-vous de sa longue journée. Ils défilèrent comme autant d'images sans intérêt que Winston se força à considérer avec tout le professionnalisme qu'il lui était possible de manifester dans ces conditions. Il n'eut pourtant aucun goût pour les cas tordus qui l'occupèrent tout au long de la matinée.

Il lui fut en effet difficile d'accorder l'attention qui lui était due, à cette femme qui vint lui demander pourquoi la firme d'aspirateurs hypersoniques refusait de remplacer son appareil défectueux sous prétexte qu'elle s'en serait servi pour faire la cuisine. De la même façon, il avait été peu sensible aux élucubrations de ce joyeux drille venu demander justice pour l'assassinat de son araignée fétiche par sa voisine supposée hystérique et malfaisante. Vraiment rien dans cette journée n'aurait pu sortir Winston de son coma intérieur s'il n'avait surpris, à son retour de déjeuner, un objet qui dépassait de la doublure de son chapeau. Il s'agissait d'un autotexte. Le quatrième. Sans réfléchir, il fit afficher le rouge à l'entrée de son box et chaussa ses lunettes de vision.

Cher Winston,

J'ai le sentiment que tu es sur une piste. Je crois que tu cherches l'origine de ces messages et cela me semble bien normal.

J'espère que ceci est une bonne nouvelle pour toi : je te propose de retourner ce soir à l'estaminet "l'air de ne pas en avoir l'air". J'essaierai de t'y rejoindre.

En attendant, je continue, moi aussi, à lutter contre l'impatience.

Bien à toi.

Enfin !! Cette fois c'était la bonne, Winston n'avait plus que quelques heures à maîtriser sa fièvre. La couleur des murs, la lumière des néons, les bruits du couloir et même les plaintes de ses compatriotes lui parurent subitement fort agréables. Aucune comparaison avec la lourdeur du matin. Une légèreté s'était emparée de tout ce que Winston pouvait approcher ou ressentir. Ses zygomatiques étaient contractés sans qu'il puisse les maîtriser, son regard flottait sans se fixer, son esprit dansait sans se laisser rattraper par la réalité.

L'heure avait sonné, il allait enfin percer le secret et découvrir le dessous de l'affaire des autotextes et rencontrer la créature…

Aussitôt le dernier citoyen expédié, il quitta la Grande Administration avec un empressement qu'il n'avait même pas envie de dissimuler. Il avait tout de même décidé de passer à son appartement pour se rafraîchir et se changer avant d'aller à son rendez-vous.

Il avait aussi un peu peur d'être trop en avance et cette étape lui permettait de temporiser. Il ne s'attarda pourtant pas et reprit rapidement le chemin de l'hyper centre où il arriva finalement très tôt. *L'air de ne pas en avoir l'air* n'était pas encore bondé comme il allait l'être d'ici une heure ou deux, lorsque tous les employés se retrouveraient à la sortie de leur labeur quotidien pour partager un moment de convivialité. La plupart des tables étaient encore vides et l'endroit manquait singulièrement d'animation.

Winston eut le loisir de choisir la place qu'il trouva la plus confortable pour observer les entrées de l'établissement. Il s'installa tranquillement dans une position confortable lui permettant d'anticiper toutes les entrées. Il tira quelques bouffées d'air sursaturé et fixa son regard sur la porte. L'heure était maintenant à l'arrivée des employés qui venaient de quitter leur travail. A chaque fois qu'il devina la silhouette d'une jeune femme, il essaya de retrouver les traits de Nalala. Une fois trop grande, une fois trop grosse, une fois trop brutale, une fois trop empruntée. Winston n'avait pas idée qu'autant de jeunes femmes seules pouvaient fréquenter les estaminets en fin de journée. Il était pourtant coutumier de ce genre de sortie, mais il ne portait que rarement attention à la population qui l'entourait puisqu'il était en général accompagné de ses amis.

Pour l'heure, Winston observait les allers et venues des citoyens au travers de cette porte. Ils entraient, ils sortaient, ils parlaient, ils se saluaient, ils se retrouvaient, ils se séparaient, ils formaient un tourbillon qui commençait à agacer Winston. Son attention devint moins aigue et son regard moins aiguisé. L'air sursaturé aidant, il commençait à avoir l'œil vide. Cela faisait plus d'une heure qu'il scrutait les clients de l'estaminet et les fourmis envahissaient son cerveau.

Que faisait-elle ? Pourquoi le faisait-elle tant attendre ? Allait-elle enfin passer cette porte ?

La brume était à présent très épaisse dans l'esprit de Winston. Ses idées, ses intentions, ses espoirs devenaient au fil du temps aussi flous que les images des gens qui défilaient devant lui.

Ne dérogeant pas au cliché du type à qui une fille vient de poser un lapin, il finit par quitter les lieux, empreint d'une trop longue attente, déconfit par ses espoirs perdus, rongé par la déception, se sentant anéanti et ridicule.

« Le message de la Règle est que chacun doit être l'artisan du bien-être de tous »

Il avait pris la décision, ferme et définitive. Le genre de décision qu'on ne peut remettre en cause sans réunir un conseil ou sans avoir le sentiment de se renier. Une telle décision peut amener à arrêter de fumer, de boire de la bière de manger gras, de cesser de voir sa maîtresse ou même de ne plus mettre ses doigts dans son nez en conduisant. Une décision absolue, qui ne souffre aucune exception ni entorse. Winston venait de tirer un trait sur ces autotextes qui le perturbaient depuis des jours. Cela pouvait être une mauvaise blague, un acte manqué, ou n'importe quoi, rien ne justifiait qu'il perturbe ainsi sa vie sans qu'il n'y ait quoi que ce soit en retour. Vivre dans l'attente est déjà insupportable. Mais quand on ne sait pas ce que l'on attend, cela tient du supplice ou simplement de la stupidité. Comment concevoir que l'on puisse passer son temps, ses espoirs et ses envies à attendre, juste attendre ? Forcément, on se fait des films, on s'imagine attendre des choses ou d'autres, sans réellement avoir une chance d'être dans le vrai. On se met à attendre notre espoir le plus fou. Si bien que l'on vient à confondre attente, espoir, fantasme, illusion, rêve et réalité. Winston ne savait plus très bien faire la différence entre tout ça. Qui plus est, à chaque fois qu'il parvenait à retrouver quelque repère ou référence, un nouvel autotexte venait brouiller les cartes et le replonger dans le marasme intérieur qui était devenu son quotidien.

Il avait essayé l'air sursaturé, la nourriture exotique sensée tout faire oublier, la relaxation supra-temporelle, et même les sorties branchées. Mais rien n'était parvenu à le distraire vraiment. Sans savoir s'il s'agissait d'un acte courageux, héroïque, crétin ou d'un réflexe de survie, il venait de décider de balayer toute cette histoire de sa vie. Il ne lirait pas le prochain, c'était maintenant certain. Il vivait très bien avant cela, il serait bien idiot de penser qu'il ne pourrait plus le faire maintenant. Il ne pouvait faire dépendre sa vie d'une pseudo-énigme instrumentée par on ne sait qui dans je ne sais quel but. Stop, terminé, basta. Il y a un moment où faut savoir être fort, s'imposer un minimum de discipline pour son propre bien. Finalement, n'était-ce pas là le principe de la Règle ? Une forme de contrainte nécessaire au bonheur et au bien-être ? C'était bien la preuve qu'il fallait à Winston, montrant que cette décision était la bonne, voire la seule. Puisque la détermination de Winston était fondée, il se donna les moyens d'assumer cette cure de désintoxication. Il commença par changer ses habitudes. Il n'arriverait plus tellement en avance au bureau ; il irait plus souvent au coin café rencontrer ses collègues ; il prendrait plus de temps également pour dialoguer sur les planètes. En fait, il devrait accentuer tout ce qui l'aiderait à communiquer, s'ancrer dans la réalité et à oublier les errances futiles et destructrices. Cette façon de faire allait lui permettre de reprendre les rennes, de redevenir le maître à bord.

Sans perdre de temps, Winston avait mis en application sa nouvelle résolution. Il n'arriva dans son box que quelques minutes avant l'entretien du premier concitoyen. Lorsqu'il fut installé derrière son écran plasmique, qu'il connecta machinalement, il remarqua une puce devant l'affichette holographique qui portait son nom. Un nouvel autotexte… Il n'eut absolument pas le temps de réfléchir que déjà, la puce était armée dans le logement de ses lunettes de lecture et qu'il commençait à le lire, faisant fi de ces éphémères résolutions qui devaient pourtant lui être salutaires.

Cher Winston,

Comment t'exprimer mon désarroi, ma déception, et même ma colère de ne pas avoir pu être là ?

Je suis à la fois confuse de te plonger dans la déception que je devine profonde et tellement contrariée de ne pas pouvoir partager avec toi ce moment tant attendu. Ce n'est que partie remise, j'en suis sûre, mais la Règle s'est interposée entre nous et notre rencontre est repoussée de quelques heures, peut-être quelques jours. Mais rien n'empêchera finalement notre rencontre. Je suis bien certaine qu'elle constituera les prémices d'une relation sur laquelle de très grandes choses vont s'accomplir. La Règle doit être au service des sujets, non le contraire. Cela fait partie de ce dont je veux m'entretenir avec toi. Mais je n'ai pas le loisir de développer. Dommage. Je te dis à très bientôt.

Bien à toi.

« *La Règle doit être au service des sujets, non le contraire…* ». Quelle idée ? L'essence même de La Règle est le bonheur des individus. Winston ne comprenais pas comment la Règle avait pu empêcher Nalala de venir le rejoindre dans cet estaminet où elle lui avait donné rendez-vous. Il se pouvait qu'il ne s'agisse pas de Nalala, certes, mais quand bien même, pour quelle raison la Règle aurait-elle pu s'interposer ? Cela semblait insensé.

La nuit qui s'avançait s'annonçait agitée dans l'esprit de Winston. Plus le temps passait, plus il avait de mal à comprendre les messages de son interlocutrice. Mais il faut bien dire que cela apportait une sorte de piment à l'histoire, ce qui était très loin de lui déplaire. Force était de constater qu'il n'avait en réalité aucune envie de se priver de la suite de cette aventure.

Dans les jours qui suivirent, Winston n'eut à nouveau aucune nouvelle de la mystérieuse émettrice d'autotextes. Ceci le plongea dans une torpeur quelque peu bizarre. Comment parler d'un manque à propos de quelque chose qui n'existait pas il y a encore une semaine ? Winston mit à profit cette période pour se rendre compte que finalement, sa vie était bien vide et ses actions professionnelles ne suffiraient certainement pas à son bonheur éternel. Il en était rendu à un train-train qui pouvait faire peur. Il était possible qu'il soit en train de s'emballer sur cette histoire. Mais qu'importe, pour l'instant il n'y avait aucun danger. Rien qui justifie en tout cas qu'il ne se mette à rêver un peu. Entre le bureau et son appartement, des navettes plutôt ennuyeuses, des soirées relativement monotones rythmées par les communautés, les relations plus ou moins virtuelles, le conduit d'air sursaturé et ces longs moments à échanger des banalités. Des relations oui, mais pas tout-à-fait humaines. Encore un peu et Winston allait sombrer dans la déprime. En définitive, la soirée en compagnie de Jozuon avait été originale et plus enrichissante que toutes ses conversations décidément fadasses. Quelle était la valeur des choses ? Où se situait son avenir, le piment des jours à venir, le sel de sa vie ?

C'était peut-être le redoutable Jozuon qui avait raison. Le cœur qui s'emballe valait-t-il une partie du respect qu'il vouait à La Règle ? Possible.

En tout cas, il lui semblait surhumain d'attendre plus longtemps un signe de Nalala. Pourquoi pouvait-elle le faire languir de cette façon ? Bizarrement, Winston repensa à ce fruit exotique que lui avait fait goûter un ami lors d'une sortie dominicale. Cela s'appelait un abricot. Ce fruit avait une peau très douce au toucher, elle était assez souple et la chair du fruit était extrêmement moelleuse. Et le goût ! D'abord légèrement acide, il devenait sucré dans la bouche et le picotement de l'acidité subsistait pour se mêler au parfum tellement agréable. C'était un peu l'état d'esprit dans lequel il se trouvait. Des sentiments mêlés qui formaient un tout plutôt agréable et prometteur. Une invitation à percer le mystère et à suivre son instinct vers des territoires inexplorés. Un picotement intérieur, l'acidité de l'impatience et la douceur d'un sentiment… qui ne manquait pas de sel.

De retour au bureau, Winston ne pouvait s'empêcher de tenter de régler ses horaires sur ceux de Nalala afin d'avoir une chance de la rencontrer lors de sa pause. Mais ses calculs avaient été vains jusque-là.

En aucune façon il n'avait pu se trouver seul avec elle et lui parler librement. Ou alors, au moment où il aurait pu le faire, il s'était posé la question de savoir s'il s'agissait bien d'elle… du coup, paralysé à l'idée d'essuyer un revers plutôt humiliant, il s'était abstenu. Quel couillon à la fin !

Ce soir, avant de sortir du bureau, il appellera Maol, son ami des affaires urgentes dont il avait parlé à Jozuon. Ils étaient arrivés en même temps à la Grande Administration après avoir fait ensemble une partie de leurs études. Il savait qu'il pouvait compter sur lui. Winston se sentait en revanche un peu penaud de devoir demander cela à son ami. Il s'agissait d'une demande un peu piteuse qui n'aurait pas choqué dans la cour d'une école, mais au sortir de la Grande Administration, cela pouvait surprendre. Après s'être convaincu que le ridicule ne tue pas, il avait appelé Maol afin qu'ils se retrouvent sur le parvis ce soir-là.

Maol était un grand échalas, mais dont le visage était toujours fendu d'un sourire franc. Winston le retrouva avec plaisir parmi le flot de fonctionnaires sortant de leur bureau. Ils se serrèrent vigoureusement la main et Winston proposa à Maol d'aller dans un endroit plus propice à une discussion amicale et ils s'engouffrèrent dans une cabine du tube transporteur.

Une fois arrivés à destination, ils entrèrent dans un établissement fréquenté par des banlieusards qui venaient là pour prendre quelques bouffées entre amis avant de rentrer chez eux. Winston et Maol s'installèrent dans un endroit tranquille.

— Alors, interrogea Maol, quel est ce service dont tu m'as parlé au téléphone ?

— Je me sens un peu ridicule, répondit Winston. Tu vas me prendre pour un débile, mais j'ai fait la promesse de t'en parler.

— Alors parle-moi, dit Maol dont le sourire radieux incita Winston à la confidence.

— Tu as dans tes relations professionnelles proches, une jeune femme plutôt jolie, qui est arrivée depuis assez peu de temps, environ 18 mois je dirais. Si je ne me trompe pas, elle s'appelle…

— …Nalala ! le coupa Maol. Quand tu dis « plutôt jolie », je te trouve bien avare de compliment, cette fille est franchement très mignonne. Dis-donc, tu n'y vas pas avec le dos de la cuillère, tu te mets à la pêche au gros, mon ami. Cette fille est belle, intelligente et elle a, à mon avis, un avenir radieux dans notre grande maison. Tu veux que je t'arrange une entrevue… inopinée pour forcer ta timidité légendaire ?

Winston n'y avait même pas pensé. Il aurait pu effectivement s'arranger avec Maol pour aider Nalala à se découvrir. Mais là où il en était, il ne pouvait pas faire marche arrière vis-à-vis de Jozuon. Une promesse est une promesse. Quel couillon décidément !

— Tu n'y es pas du tout dit-il à Maol. Il ne s'agit pas de moi, c'est un collègue à qui j'ai d'ailleurs promis l'anonymat qui m'a demandé de me renseigner sur les attirances que pourrait avoir cette demoiselle pour des gens de nos services.

Bien entendu, Winston comprit au moment où il prononça ces mots combien tout ceci sonnait faux et à quel point il serait difficile de faire avaler une telle couleuvre à son ami Maol.

Ce dernier, pour ne pas le gêner, fit pourtant mine de le croire, même si la variation de son sourire auquel il venait d'ajouter un soupçon de complicité ne laissait planer aucune ambigüité sur sa compréhension et son interprétation de la situation. Toutefois, il eut la pudeur de ne pas le lui faire voir et il répondit à son ami comme s'il le croyait sincère.

— Même si je trouve que c'est une belle plante et qu'elle a de très nombreux atouts, tu me feras l'amitié de croire que je n'ai avec elle que des relations très professionnelles. Je ne sais absolument pas le fond de ses sentiments pour ses collègues. Mais pour toi, je veux bien essayer d'en savoir un peu plus.

— Je t'assure que ce n'est pas pour moi, se crut obligé d'insister Winston. Mais si tu peux faire ça, vraiment, j'apprécierais beaucoup.

— Très bien, mais tu le sais, les belles plantes sont parfois farouches, je ne te garantis pas qu'elle me dévoilera ses pensées les plus folles, s'amusa Maol.

— OK, pas de problème, c'est déjà beaucoup. Je te

remercie, conclut Winston.

Une chose de faite. De ce côté-là, il n'aurait rien à se reprocher, il tenait sa promesse envers Jozuon. Maol était un véritable ami, il en avait une preuve supplémentaire s'il en était besoin.

« La Règle est la direction, le sens et la mesure »

« Avec la liberté, tu ne saurais pas de quoi serait fait demain. La Règle est là pour te protéger des mauvaises surprises. »

Telle était la phrase du jour, diffusée sur tous les panneaux holographiques du service de Winston. Celui-ci ne put s'empêcher de penser, en entrant dans son box qu'une surprise n'est pas nécessairement mauvaise. Après tout, il pourrait aussi y en avoir de bonnes, des événements imprévus qui pouvaient apporter un brin d'épices dans une vie assez prévisible.

Ce dont Winston ne se doutait pas à ce moment-là, c'est qu'il allait vivre une des journées les plus longues de son existence.

Après avoir accueilli ses deux premiers administrés de la journée il s'aperçut avec un certain trouble qu'il avait ignoré jusque-là une nouvelle puce alors que celle-ci trônait ostensiblement sur le coin de son bureau, juste à côté de son écran plasmique qu'il avait pourtant abondamment manipulé depuis deux heures. Sans hésiter, il chaussa ces lunettes.

Cher Winston,

Tu sais certainement qui je suis, alors ce soir, suis moi discrètement à la sortie du bureau, nous pourrons enfin nous retrouver dans un endroit tranquille.

A dans quelques heures,

Bien à toi.

Cette fois-ci, il n'y avait plus de place pour le doute. Nalala était l'inconnue des autotextes, des messages secrets, du mystère soigneusement entretenu depuis des semaines, la source de toutes ses interrogations. Mais il allait avoir la clé dans quelques heures. Sa poitrine était serrée comme s'il venait de décrocher son premier rendez-vous galant. Autant dire qu'il avait à nouveau l'impression d'avoir douze ans et se sentait plutôt idiot. Mais qu'y pouvait-il ?

Winston endura la plus longue de ses journées de travail depuis très longtemps. Chaque battement de la trotteuse de la pendule lui rappela combien de secondes le séparaient de la fin de cette interminable journée. Il y avait là une sorte de supplice, c'était insoutenable.

Paradoxalement, lorsqu'enfin l'heure réglementaire fut arrivée, il ne se sentit pas soulagé pour autant. A vrai dire, l'arrivée de cette heure fatidique finit de le paralyser et il eut bien du mal à se glisser dans le couloir pour gagner l'ascenseur. Il avait envie de se dissimuler tant il sentait que sa gêne était visible, sinon palpable. Pourtant il lui fallait scruter les environs afin de détecter la présence de Nalala. Elle n'était pas à l'intérieur de la cabine lorsqu'il y pénétra. A la sortie, il se précipita vers la porte et se retrouva sur le parvis. C'est là qu'il l'aperçut enfin, immobile sur la grande esplanade. Elle observait la porte et tous les gens qui la traversaient. Les deux s'aperçurent au même moment et à bonne distance.

A cet instant, Winston vit Nalala se retourner et partir en direction du tube. Le pincement qu'il avait au ventre devint un sentiment d'excitation. C'était bien à son arrivée que la jolie brune venait de réagir, il n'avait plus maintenant qu'à se laisser guider pour atteindre le moment de la rencontre, ce qui avait une saveur plutôt agréable. Une sorte de Colin Maillard dont on aurait connu l'issue.

— Ah ! Winston, justement, je te cherchais !

Winston sentit une main sur son épaule et se retourna nerveusement. Il vit alors les traditionnels zygomatiques de Maol à quelques centimètres de ses yeux.

— Ah, c'est toi, fit Winston, avec une pointe d'étonnement et une grosse louche d'agacement.
— Oui, je voulais te parler pour te donner des nouvelles de notre conversation de l'autre jour.

Quelle guigne ! Au moment où il allait enfin pouvoir rencontrer Nalala, il y avait encore le petit élément qui venait tout mettre par terre.

Il ne pouvait pas en vouloir à Maol, d'autant qu'il avait visiblement travaillé pour lui en essayant d'extraire des informations à Nalala. Il ne pouvait donc décemment le planter là pour courir retrouver sa jolie brune. D'ailleurs, il jeta un œil en direction du tube et ne vit qu'une foule anonyme. Il était déjà trop tard, ce ne serait pas encore pour cette fois. Il y avait décidément des éléments qui s'opposaient à ce qu'il puisse s'approcher de Nalala. Y avait-il une force contraire, une malédiction, une petite voix qui tentait de susurrer à l'oreille de Winston qu'il y avait quelque chose à éviter ? Sa foi en tout ce qui est rationnel l'empêchait de le croire. Il s'agissait simplement d'un manque de chance, il lui faudrait juste attendre encore et encore pour que la rencontre espérée arrive enfin.

Il se retourna sur Maol et se résigna à l'interroger.

— Oui, tu as réussi à apprendre quelque chose ? demanda-t-il avec toute la conviction qu'il pouvait feindre.

— Effectivement répondit sans ambages Maol le bienheureux. C'est un coup de chance, J'ai surpris une conversation de ta petite brunette ce matin avec l'une de ses amies. D'après ce que j'ai compris, Nalala en pincerait pour un gars de l'étage. Mais alors qui, là je ne peux rien te dire. Mais c'est déjà pas si mal non ?

Pas si mal, c'était vite dit. Qui de Jozuon, de Winston ou de n'importe qui d'autre de cet étage pouvait être la cible de la belle Nalala ? Winston en avait bien une idée, mais malheureusement, il ne pouvait en être certain. Winston rassembla ses forces pour masquer sa déception et tenta de faire bonne figure face à son ami.

— Ah, c'est une excellente nouvelle, dit-il. Je vais pouvoir en faire part à qui de droit. Je pense que ça va lui plaire.

— En tout cas c'est tout ce que j'ai réussi à savoir pour l'instant. Mais si j'en sais plus, je te le dis, c'est promis, dit Maol qui commençait à prendre son rôle d'informateur de l'ombre à cœur. Tu veux venir prendre un coup d'air en ville ?

— Non, je te remercie, mais il faut que je rentre.

Là-dessus, Winston retourna vers le tube, un peu maussade. Il pénétra dans la cabine lorsque son tour arriva et programma l'adresse de son quartier. Assis dans son fauteuil, il se relâcha et replongea dans ses pensées.

Lorsqu'il s'extirpa de l'habitacle, il en était à se dire qu'il devrait peut-être faire moins de place à cette histoire dans sa petite tête. Après tout, il montait en épingle des messages sans réelle substance. Il essayait sans doute de combler un vide avec une histoire opportune.

Winston était à ce moment tellement perdu dans les méandres de ses pensées, qu'il sursauta violemment, manquant de s'emplafonner dans le montant du lampadaire. Une voix venait de l'interpeler doucement en prononçant son prénom. Il eut un second coup de sang lorsqu'il se retourna et aperçut Nalala à quelques mètres de là, visiblement à l'attendre.

— Je ne voulais pas te faire peur, lui dit-elle. Lorsque j'ai vu que tu étais en conversation avec Maol, je n'ai pas risqué de t'attendre sur l'esplanade, j'ai préféré venir patienter ici. Mais si tu le veux bien, nous pourrions aller dans un endroit anonyme, je préférerais.

— Oui, allons-y répondit Winston encore sous le choc.

Il se laissa guider jusqu'au tube, puis jusqu'à la porte d'un estaminet où ils s'installèrent tous les deux à une table effectivement anonyme, là où les conversations s'entrechoquent sans se répondre, se croisent tout en s'ignorant.

Lorsqu'ils furent installés et armés de leur embouchure d'air sursaturé, Winston observa Nalala d'un peu plus près. Il ne l'avait en effet vue, ou plutôt aperçue jusque-là que de façon un peu furtive. Il pouvait enfin la contempler à son aise. Parce qu'effectivement, il ne faisait pas que la regarder. Contempler ou admirer était plus juste. Il était même fasciné par son visage fin et captivé par son regard profondément expressif. A ce moment précis il sembla à Winston qu'il exprimait de l'inquiétude et peut-être aussi de la détresse. Toujours est-il qu'il finissait par être mal à l'aise à force de l'observer sans qu'elle rompe le silence.

— Quels sont donc ces mystères ? demanda Winston pour trancher la gêne qui s'installait.

— De toute façon, mon destin est entre tes mains, avec les messages que je t'ai envoyés, tu as tout ce qu'il faut pour me confondre, alors autant que je te dise tout dès maintenant. Après tout, c'est pour ça que nous sommes là et c'est aussi pour ça que je cherche à te joindre depuis des semaines. Je te fais pleine confiance et je m'en remets à toi.

Cette entrée en matière secoua un peu Winston, mais lui non plus ne s'attendait pas à quelque chose d'anodin. Alors il attendait la suite avec impatience.

— Depuis quelque temps, j'ai l'impression que je suis suivie. Quand je dis que j'en ai l'impression, c'est une façon de parler. En fait j'en suis sûre. J'ai aperçu à plusieurs reprises des hommes dont l'allure ne laissait absolument pas de place au doute. Je reçois des autotextes de plus en plus souvent avec des messages de plus en plus explicites.

— Décidément, fait Winston, les autotextes reviennent à la mode !

— En effet, c'est pour ça que j'ai communiqué avec toi de cette façon. Ce sont eux qui m'ont appris que ça ne pouvait pas être tracé par l'Administration. Vu les activités qu'ils ont, je crois que je peux les croire là-dessus.

Winston ne comprenait pas de qui elle voulait parler, mais il ne l'interrompit pas afin de ne pas perturber son récit.

— Du coup, quand j'ai essayé de trouver une issue de secours, j'ai utilisé le même procédé pour te toucher. Ça fait donc environ sept semaines maintenant que je reçois très régulièrement des messages qui émanent de groupes dissidents.

— Ah ! des dissidents, fit Winston avec surprise.

— Oui, ils me harcèlent maintenant chaque jour. Ça devient impossible. Tous les jours j'ai un de leurs messages. A chaque fois, ils me menacent pour tenter d'obtenir de moi des informations, des codes, des facilités d'accès pour leurs actions et leurs activités. Ils savent que je travaille pour l'Administration et essaient d'en tirer parti. Ça devient infernal, je craque, il faut que tu fasses quelque chose pour moi ! S'il te plait ! Il n'y a que toi qui puisse quelque chose, je suis sûre que tu peux le faire !

Cet air de supplique n'eut aucun mal à faire fondre Winston. D'autant que la situation lui parut plutôt simple.

— Très bien, mais il n'y a pas de quoi te mettre dans des états pareils, les dissidents sont traqués sans pitié par la Règle, il suffit que nous puissions les piéger et ce sera du passé. Comment se fait-il que tu n'en aies pas parlé plus tôt ?

— C'est bien là le problème répondit Nalala. Ils ont un très bon moyen de pression sur moi.

Puis elle baissa les yeux.

Winston se prit à la trouver encore plus touchante, ainsi vulnérable. Elle ressemblait à un animal blessé que la traque des chasseurs avait conduit là, face à lui, devenu pour l'occasion le dernier rempart face à l'adversité et au danger. Néanmoins, il lui fallait savoir à quoi il allait être confronté pour défendre l'opprimée. Lui qui avait fait du rôle du chevalier blanc sont pain quotidien allait tenir une belle occasion de se surpasser. Face à cette proie fragile et sensible, il se voyait déjà brandir son épée vengeresse pour trancher la tête de la force malfaisante.

— Et quel est ce moyen de pression dont ils

disposent pour te faire chanter ? demanda-t-il.

— Ma sœur, répondit-elle avec un mouvement d'abdication. Tout simplement ma sœur. Ma très chère sœur ! Mon adorable sœur. Mon immensément gentille sœur. Tomaka la magnifique. Personne ne peut lui résister, ni lui refuser quoi que ce soit. Dès son plus jeune âge, elle attirait les attentions de tous. Elle était le centre du monde et celui-ci lui mangeait dans la main. Avec les années, cela n'a fait que s'amplifier. Tu l'auras compris, je n'ai jamais supporté son attitude et nous avons suivi des routes assez différentes. En fait, j'ai quitté le foyer familial à l'adolescence et j'ai coupé les ponts avec elle depuis cette époque. Je n'ai eu aucune nouvelle d'elle durant tout ce temps et à peine plus, du reste, de ma famille. J'avais quitté ma ville natale, je suis venue ici faire mes études et mon apprentissage pour rentrer dans la Grande Administration. Je ne m'en suis pas mal tirée et j'ai obtenu un premier poste dans un étage inférieur pour commencer. En faisant une recherche il y a environ deux ans, je suis tombée sur une information qui a attiré mon attention. Une bête histoire de corruption comme on en voit beaucoup. Mais celle-là m'a interpelée parce que l'image qui accompagnait l'article montrait mon irrésistible sœur. Je ne l'avais pas vue depuis plus de dix ans, mais il n'y avait aucun doute. Cette punaise avait usé de son charme inné pour s'adjuger la clémence d'un fonctionnaire. Elle était prise par là même où elle avait profité tout au long du début de sa vie. Ça pourrait sembler juste *a priori*, mais le problème est, comme tu le sais, que si l'Administration faisait le rapprochement avec moi, elle devait me mettre dehors puisque d'après la Règle, si un membre de la famille se rend coupable de faits graves, il n'est plus possible d'employer un de ses proches sur un poste avec la moindre responsabilité. Depuis ce jour, je vis dans la peur que l'Administration ne fasse le lien. Je n'ai jamais compris comment cela était possible, mais cela n'a jamais été fait. J'ai donc continué à donner le meilleur de moi-même à la Grande Administration et à redouter chaque jour, qu'une nouvelle catastrophique ne me tombe dessus. J'ai vécu avec ça, avec une sorte de mauvaise conscience sans pour autant être coupable de quoi que ce soit. C'est une situation difficile à vivre je t'assure. Je crois que personne, dans le service, ne s'en est aperçu. J'ai tout fait pour ça, j'ai essayé de me fondre dans la masse et de faire mon job au mieux. Au fil des jours, je pense que j'ai gagné la confiance de Maol. Lorsque ce groupuscule s'est aperçu de ça, je ne sais comment, ils en ont profité immédiatement. Depuis, ils me font un chantage de tous les instants. La situation est devenue de plus en plus impossible. C'est une véritable galère et aujourd'hui je ne vois plus qu'une issue.

Quelques bouffées vinrent ponctuer le récit de Nalala qui semblait se livrer complètement au travers de cette histoire. Elle ne se demandait même plus comment il pouvait le prendre, elle était lancée, il fallait bien qu'elle aille au bout. Elle reposa donc l'embouchure de l'arrivée d'air sursaturé et poursuivit.

— J'y ai pensé des jours et des nuits, j'ai retourné le problème des centaines de fois dans ma tête, Je ne vois qu'une seule solution à mon problème. Il faut aller effacer le lien qui me relie à ma très chère sœur dans la Grande Mémoire. C'est l'action la plus juste. Personne ne pourrait en pâtir et cela me libérerait de la pression que ces gens exercent sur moi. En éliminant ce lien, plus rien ne leur permettrait de m'atteindre. Je pourrais enfin vivre normalement et exercer mon métier librement. Après tout, merde ! J'aime ce métier et je ne vois pas pourquoi les errements de ma foutue sœur, qui me pourrit la vie depuis tellement longtemps devraient me traquer encore ! Je ne rêve que de faire le bien, de faire appliquer la Règle et d'aider mes concitoyens. Je devrais avoir le droit de vivre tranquille non, Tu ne trouves pas ?

— Dit comme ça, effectivement, dit Winston. Mais quand tu dis « effacer de la Grande Mémoire », tu entends quoi exactement ?

— Ben justement, c'est un peu là où j'ai besoin de toi. J'ai l'impression qu'il n'y a que toi qui puisse faire une chose pareille. A la fois parce que je sais que tu es le plus grand pourfendeur de l'injustice et parce que tu es peut-être le seul à pourvoir trouver les ficelles pour effectuer ça sans être remarqué.

— Ah !.... gémit Winston en s'effondrant dans son fauteuil. C'est un peu ce que j'avais peur d'avoir compris.

La bonne blague ! Winston n'en revenait pas. S'il résumait l'histoire, ça donnait à peu près ça. D'abord, il était approché d'une façon plutôt intrigante par une fille délicieuse. Des autotextes, ce n'est pas très commun comme phase d'approche. Là-dessus, l'histoire de Jozuon qui l'oblige à se compromettre auprès de Maol pour essayer de lui soutirer des informations. Ensuite, cette rencontre tant repoussée qui finit enfin par avoir lieu et Nalala qui se livre à lui en toute confiance. Anéantir un groupuscule de dissidents est en général chose aisée avec les bonnes informations. Mais dans ce cas, rien de semblable et surtout rien de simple. Pour réussir à les toucher, il faut transgresser la Règle. Quel paradoxe ! Imaginer qu'il pourrait aller dans la Grande Mémoire pour effacer des données était tout de même un peu fort. Lui, Winston, le défenseur de la Règle depuis sa plus tendre enfance. Et pourtant, dans le cas présent, il sentait bien qu'il avait très envie de se prêter à cette aventure. Tout risquer pour une histoire pareille. Quelle motivation pouvait bien l'animer ? Les beaux yeux de Nalala ? Pas seulement. Le regard ravageur de la jeune fille comptait forcément, inutile de nier, mais il y avait bien autre chose. Winston était allergique à l'injustice, c'est certainement pour cette raison qu'il était devenu cet agent d'application de la Règle, fidèle au dogme et dévoué à ses semblables.

A y réfléchir, Nalala avait pris des risques importants en venant lui parler de son projet. Il devait donc lui tenir particulièrement à cœur. Pourtant, un détail préoccupait Winston. En effet, il se demandait à quoi pouvait ressembler la fameuse Tomaka pour que Nalala la décrive comme tellement extraordinaire à côté d'elle ! Quelle pourrait bien être cette beauté à côté de laquelle Nalala paraîtrait fade ? Dès que Winston eut accès à une console, il fit des recherches pour tenter de trouver l'image dont Nalala lui avait parlé. Comme à son habitude, il fit preuve d'une grande *maestria* pour manipuler l'écran plasmique et il dénicha rapidement l'article évoqué. Sur l'image, il vit effectivement une très jolie fille qui semblait maitriser l'usage de ses charmes. Le texte faisait état d'une histoire malheureusement banale. Un fonctionnaire avait usé de son petit pouvoir pour donner des accès et des autorisations à une belle, laquelle lui avait fait miroiter des lendemains fleuris et heureux à son bras et dans son lit. Mais ce qui était moins banal était que lorsque celui-ci s'était rendu compte que Tomaka n'en voulait qu'à son petit pouvoir, il s'en était ouvert aux autorités. Dans la plupart des cas similaires, le fonctionnaire étouffait l'affaire, honteux et coupable qu'il était. Il ne pouvait y avoir de statistiques à ce sujet, mais on estimait tout de même que plus de 93,8% de ces tentatives de corruptions étaient tues.

Tomaka avait donc joué de malchance et elle s'était fait prendre. Pour une telle action, elle avait été mise immédiatement en rétention.

*« La Règle ne définit pas ce qui est bon ou mauvais,
mais ce qui est et ce qui n'est pas »*

Ils avaient rendez-vous à « *La durite sans fuite* », une taverne dont l'air sursaturé avait fort bonne réputation. Winston arriva le premier et s'installa à une table un peu isolée. Il activa la vanne d'air sursaturé et s'offrit une détente bien méritée. Relax, Sigmund allait arriver. Son habitude d'être en retard ne serait sans doute pas démentie, mais rien ne pressait. Winston passa encore une fois en revue dans sa tête toutes ces questions qui le torturaient. Une farandole d'interrogations, de doutes et d'hypothèses. Tout en se torturant les synapses, il tirait joyeusement sur la pipette d'air sursaturé et son contact avec la réalité devenait plus approximatif. Si bien qu'au bout d'une demi-heure, lorsque Sigmund arriva, il se sentait vraiment bien.

Sigmund avait un air grave et préoccupé. Lui qui laissait difficilement apparaître ses sentiments… Winston prit cela pour une nouvelle étape dans la progression de leur intimité. Il en fut conforté dans son état plus ou moins flottant.

Il faisait froid au dehors et Sigmund ôta soigneusement ses gants, son écharpe et son manteau.

Dès qu'il fut installé, il ouvrit sa vanne à air et tira dessus. Il avait visiblement besoin d'oxygène.

Ils engagèrent la conversation sur des banalités, mais chacun sentait qu'il y avait quelque chose d'autre à se dire. Winston, quelque peu aidé par l'air sursaturé, lui posa questions directes que Sigmund esquiva puis, vint celle-ci :

— Bon écoute, Sigmund, il faut que tu arrêtes. T'es complètement défait, on se demande si tu es crevé, défoncé ou euphorique. C'est encore pire qu'hier. Qu'est-ce que t'as ?

Sigmund fut, il est vrai, un peu décontenancé par la question si directe, mais il répondit sans ambages :

— J'ai l'impression d'être au fond du trou. Je me sens accablé et en même temps, je ne sais pas, je suis presque léger.

Sigmund avait une expression très mystérieuse. Il avait ôté une couche de blindage qu'il n'enlevait pas d'habitude. Il fit mine de réfléchir assez longuement et reprit :

— Ecoute, je ne sais pas ce qui m'arrive, mais j'ai l'impression d'être en dessous de tout. C'est pas compliqué, en une semaine, je crois que j'ai quitté ma sœur et dit merde à l'amour de ma vie.

— Effectivement, répondit Winston, je crois que ça mérite quelques éclaircissements.

— Oui, je sais. Mais en fait ce n'est pas si compliqué. Au début de cette semaine, j'ai expliqué à Alba qu'elle est comme ma sœur. Et je crois que c'est la vérité. Je m'entends super bien avec elle, intellectuellement nous sommes toujours en phase, mais malheureusement ça s'arrête là. J'ai déjà fait pas mal de tentatives pour lui expliquer, j'ai même fait du chantage à plusieurs reprises, mais là c'est fini, je ne peux plus, il faut que ça s'arrête. J'ai l'impression d'être un salaud, et je ne sais pas très bien où j'en suis.

Alba, que Sigmund prenait pour sa sœur était à la fois son associée dans la vie et au travail. Ils étaient ensemble depuis très longtemps, à tel point que personne n'y songeait plus. D'autant que Sigmund avait un goût prononcé pour la séparation entre la vie professionnelle et l'intimité, de sorte qu'en les voyant dans leur quotidien il aurait été impossible de déceler qu'ils avaient une relation extra-professionnelle. Ils auraient effectivement pu être frère et sœur.

— Oui, tu m'en as déjà un peu parlé, reprit Winston. Mais bon, si c'est pas la première fois, c'est quand même qu'il y a des fondements, que vous n'êtes pas forcément faits pour vivre ensemble, que vous avez vécu une époque, soit, mais que ça ne peut pas être une vie.

— Oui, je sais, mais quand même, je ne peux pas m'empêcher de culpabiliser. On a passé pas mal d'années ensemble, on a construit beaucoup de choses. La boîte par exemple. Sans elle, je ne l'aurais peut-être pas fait. Elle m'a toujours secondé. En fait, je crois que je n'ai rien à lui reprocher. C'est peut-être pour ça que je culpabilise. Elle a toujours été à mes côtés et pourtant, aujourd'hui, je me sens seul. Même avec elle. Je m'emmerde avec elle. Elle n'a pas changé, elle n'y est pour rien, elle n'y peut rien, mais notre relation n'est plus qu'une habitude. Si je n'avais pas été avec elle le matin, je n'aurais aucune raison d'être avec elle le soir. Ce qui nous rapproche, c'est en fait tout ce que nous avons déjà fait ensemble, notre histoire, nos règles. Mais notre avenir, lui, rien ne le lie à cette relation. Je ne vois pas en quoi ce rapport peut nous porter vers un quelconque avenir. Ou alors il risque d'être emmerdant ! Non, ce n'est pas possible, il manque quelque chose, une étincelle, une flamme, quelques chose qui te fait croire que ça va être beau et éblouissant. Ou au moins que ça a une chance de l'être. Je veux sortir de cette platitude, de cet ennui qui ne dit pas son nom. Je me contrôle toujours, c'est toi-même qui me le dis. Mais là, je crois qu'il faut que je lâche. Je dois retrouver un degré de liberté que j'ai perdu.

— Pour le premier volet, tu sembles assez clair dans ta tête. Mais la femme de ta vie, là c'est quoi de cette histoire, le questionna Winston, visiblement plus intéressé par ce côté positif et nouveau des choses.

Sigmund prend un peu de recul et d'air sursaturé avant de répondre.

— Tu te souviens la semaine dernière, je t'ai dit que j'avais un séminaire des jeunes décideurs et initiateurs.

— Oui, je me souviens.

— Et bien en fait, j'y ai rencontré une super nana. Sur le coup, je me suis dit que ça pouvait être un plan cul, une histoire pour se faire du bien et puis voilà. Tu remarqueras que ça ne m'est jamais arrivé depuis que je suis avec Alba, c'est-à-dire depuis toujours, mais là, il y a eu une sorte de déclic dans ma tête. En fait quand je l'ai vue, ça a fait remonter plein de choses. J'ai eu l'impression qu'elle correspondait à tout ce que je n'avais pas avec Alba. Comme si elle pouvait combler mes manques et m'équilibrer.

— Ah ! fit Winston effectivement surpris. Mais c'est une sirène qui te fait frissonner de partout, ou c'est un idéal de vie que tu viens de croiser ?

Sigmund fit une pause agrémentée d'air sursaturé et tenta de répondre.

— J'en sais rien ! Tout ce que je peux dire, c'est que du coup, je n'ai plus envie du tout de rentrer à la maison et d'y trouver Alba qui fait la tronche. J'ai l'impression d'habiter avec un cauchemar, même si elle ne mérite pas ça. De toute façon, il ne se passe pas plus de choses entre elle et moi que si elle était ma sœur. Je t'assure, c'est pas la joie. Et pourtant, je suis très attaché à elle, on a beaucoup en commun, une grande histoire, mais non, j'en ai marre.

En très peu de temps, Sigmund avait rattrapé Winston sur la consommation d'air sursaturé. Ils se trouvèrent sur un pied d'égalité pour se raconter leurs petites vies. Mais comme à l'habitude, Sigmund parlait beaucoup de lui, même s'il était habile en l'art de montrer à l'autre qu'il était important. Mais cette fois, Winston était très intéressé par le récit de Sigmund et l'encourageait à continuer.

— Bon OK, alors tu ne supportes plus Alba même si tu culpabilises, mais en quoi t'as dit merde à la femme de ta vie ?

Sigmund, remis sur le rail de son histoire, en reprit le récit.

— Pour commencer, j'ai quitté la maison… et Alba. J'ai emménagé dans un petit hôtel. Comme je n'arrivais pas à choisir et... que... je crois que ça me fait un peu peur, j'ai envoyé balader la sirène. Et tu me connais, je ne m'y suis pas pris à deux fois.

Il se prit la tête entre les mains.

— Mais encore ? s'impatienta Winston.
— Ben j'ai eu l'impression d'arriver quelque part, de trouver ce que je cherchais depuis longtemps, peut-être depuis toujours. Et puis, hier soir, elle

m'appelle, elle veut qu'on se revoie, et certainement plus si affinités. Et là j'ai pris peur, je l'ai envoyée paître. Je lui ai dit des trucs vraiment atroces. Je ne sais pas pourquoi j'ai pu lui sortir des choses pareilles. En tout cas ce qui est sûr, c'est que je ne suis pas prêt de la revoir.

Là-dessus, Sigmund s'affaisse encore dans son fauteuil et tire un grand coup sur son embouchure. Winston quant à lui l'observe et jubile intérieurement. Non pas qu'il se réjouisse des problèmes de son ami, loin de là, mais en fait, il ne voyait pas où était le problème. L'appel au secours était tellement évident, tellement simple qu'il savait qu'il allait pouvoir l'aider et ça lui faisait un réel plaisir. Il ait l'âme d'un Saint-Bernard, mais il allait enfin pouvoir percer cette intimité qui lui semblait un bastion imprenable. Comme quoi, il avait bien senti les choses, il était l'heure d'avoir raison de cet air un peu supérieur et de percer la carapace. Depuis des mois, il se disait que sa relation avec Sigmund était biaisée par le masque derrière lequel son ami se cachait. Winston embraya donc.

— T'es en train de me dire que tu viens de dire merde à une fille qui débarque et qui te fait du bien, même si tu la trouves plutôt très à ton goût ? C'est bien ça que tu me racontes ?

— C'est un peu ça, bredouilla Sigmund qui avait perdu un soupçon de sa belle assurance. Mais c'est pas si simple que ça, je ne suis sûr de rien et puis je ne suis pas un salaud, je ne veux pas faire de mal à Alba.

— Taratata ! Non mais tu rigoles ? Et quoi encore ? Tu ne trouves pas que ton histoire et cousue de fil blanc ? Tu me racontes que dans ton couple c'est une relation fraternelle certes, mais chiante depuis longtemps, que tu as fait des pieds et des mains pour le lui faire comprendre, que rien n'y fait, que tu en as ras la casquette, c'est tout juste si ton sentiment principal pour elle n'est pas de la pitié. Tu as raison, c'est ce qu'on appelle une relation équilibrée. Tu m'excuseras, mais c'est proche du ridicule. Et alors le pompon c'est qu'une nana qui te fait craquer passe par là et tu me la joues « oh oui, mais non, je ne sais pas, je ne veux pas lui faire de mal... » mais tu te fous de moi ? Même s'il s'agissait d'une nymphette, une histoire de cul sans lendemain, ça pourrait t'être prescrit par ton médecin ! Je suis même très étonné que tu me l'exposes comme ça, toi qui as toujours un avis très assuré sur tout, pour une fois que les choses sont limpides, tu joues les mijaurées et tu fais mine d'hésiter. J'en arrive à me demander si tu n'es pas en train de te payer ma tête.

Sigmund se redresse un peu, comme si sa mère venait de lui dire de se tenir droit à table. Il considère Winston et lui répond finalement.

— Non mais attends, c'est pas si simple, et puis en fait, le problème ne se pose pas puisqu'après ce que je lui ai servi hier soir, je t'assure qu'elle n'est pas prête de réapparaître.

— Tu me sidères, lui répond Winston. Moi qui te prenais pour un type solide… Te voilà romantique et fleur bleue ? Une femme te propose une sortie et tu te projettes dans la vie de famille. Mais dis-moi, l'aspirateur ultrasonique et l'appartement en banlieue tu les vois comment ?

— Arrête, de toute façon, je l'ai perdue, c'est pas possible qu'elle passe sur ce que je lui ai dit. Je n'ai vraiment pas été sympa.

— Il y a un point sur lequel tu as raison, coupe Winston. C'est qu'elle te fait perdre la boule. Tu n'as plus aucune notion des relations humaines. C'est pourtant le domaine dans lequel tu excelles habituellement, à moins que tu ne maîtrises que la théorie…

— Arrête de me gonfler avec ça, je te dis que c'est foutu dit Sigmund avec un air accablé et très fatigué.

— T'as raison, une fille comme ça, qui sait que tu es avec quelqu'un, parce qu'elle le sait ? interroge Winston.

Sigmund acquiesce de la tête.

— Alors tu vas me faire croire, reprend Winston, qu'un pauvre coup de fil va la décourager et que tu n'as pas moyen de récupérer ta boulette ? Non mais il faut que tu te réveilles mon gars. En plus, c'est bien elle qui est venue te chercher je parie.

— Oui, c'est elle, enfin, je ne sais plus, mais…

Sigmund ne finit pas sa phrase, il abandonne. Les deux hommes se retirent chacun dans un mutisme profond. Sigmund est encore plus perturbé alors que Winston bout de voir son compagnon s'enfoncer aussi bêtement. Chacun tire allègrement sur sa pipette et les secondes sont longues avant que Sigmund ne se décide à rompre le silence. Il s'excuse simplement et se retourne pour chercher des coordonnées sur son assistant électronique intégré à ses lunettes. Winston le voit alors établir une communication. Sigmund commande un orgue de parfums rares et demande à le faire livrer sur le champ. Lorsqu'il refait face à Winston, il a changé d'allure et lui annonce qu'il vient de décider de tenter sa chance, qu'après tout il a raison, tout ce qu'il risque c'est de prendre un râteau alors que finalement le risque vaut d'être pris...

Tout à coup l'ambiance est moins mortelle et Winston jubile d'avoir réussi à orienter ainsi les événements. Bien sûr, il se demande s'il est légitime de sa part d'avoir ainsi influencé Sigmund à dénigrer Alba qui allait peut-être faire les frais de la situation. Mais à bien y réfléchir, il s'agissait peut être d'un service rendu à tout le monde, elle comprise. A quoi bon s'accrocher à une vie basée sur des principes aussi faux ?

Winston appréciait particulièrement l'ambiance intime qui venait de se créer entre eux. Les masques tombaient et une vraie relation amicale débutait sans doute. Lorsque Sigmund prit une communication, Winston en fut d'abord un peu vexé. Cette intimité était déjà rompue. Mais il s'agissait de la destinatrice de l'orgue de parfum qui venait remercier Sigmund. Lorsqu'il le vit se fondre en excuses tout en ayant bien du mal à dissimuler sa joie, il comprit que la situation venait de s'éclaircir.

Sigmund, qui n'avait désormais plus en tête que de rejoindre sa dulcinée, coupa court à la soirée et salua Winston avec, cette fois, un réel enthousiasme. Lorsque Winston reprit contact avec le froid extérieur, il ne put s'empêcher de faire une petite analyse de ce qui venait de se produire. Tout d'abord, il avait le sentiment d'avoir vécu un moment important dans la vie de Sigmund. Après tout, ce dernier venait de décider de changer de vie. On ne prend pas ce type de virage tous les jours. Ensuite, il avait tendance à estimer qu'il n'y était pas pour rien. Il était sûr de son jugement et n'avait aucune hésitation par rapport au conseil prodigué à son ami. Mais le simple fait que Sigmund se soit ouvert à lui et lui ait demandé son aide, même implicitement, était une marque de confiance et même d'affection indéniable. Winston en ressentait en toute honnêteté une fierté certaine.

Enfin, à y réfléchir à deux fois, il avait espéré lui aussi confier ses problèmes et recevoir quelque prescription habile pour y faire face. Sur ce point, Winston se sentait un peu frustré, mais la situation de Sigmund justifiait sans doute son manque d'écoute de ce jour.

Winston rentra donc chez lui sans être apaisé, toujours tenaillé par ses propres questionnements, mais tout de même heureux de ce qui venait de se passer.

« La Règle est le dénominateur commun, le point fixe, le méridien, le repère absolu pour chacun »

Winston avait passé une nuit très agitée. Il avait perdu pieds et il pensait que l'air du matin pouvait lui remettre les idées en place. Le parcours qui le menait à la Grande Administration lui permit de se remémorer les événements de la veille et de replonger totalement dans son indécision. Il fallait pourtant qu'il choisisse. Devait-il prendre fait et cause pour Nalala ou bien exclure définitivement l'idée de transgresser la Règle, même dans un but louable, voire légitime ? En vérité, la fraîcheur matinale ne l'aida pas beaucoup et c'est avec un véritable nœud à l'estomac qu'il aborda sa journée. Le genre de torture cérébrale qui paralyse tout ce que l'on fait. Ou plutôt tout ce que l'on pourrait faire. C'est un petit vélo qui tourne sans cesse et qui empêche tout le reste de fonctionner normalement. Une tâche de fond qui utilise toutes les ressources disponibles et qui paralyse l'ensemble des fonctions. C'est une saturation du système, une… « Ça c'est une idée !! » cria soudain Winston qui venait d'avoir une révélation. Le petit vélo qui était en train de lui pourrir la tête pouvait bien être la solution de son équation.

Du coup, son blocage s'évapora comme par magie et

il ressentit un vrai soulagement. C'est avec un air quasi primesautier qu'il atteint son box ce matin-là. Comme il en avait parfois l'occasion, Winston devait donner un cours dans le cadre de la formation des agents d'application de la Règle. Il s'agissait d'une tâche dont il s'acquittait bien volontiers parce qu'il appréciait ce contact avec ses jeunes et futurs collègues. Toujours mu par son humeur guillerette, il se dirigea donc en début d'après-midi vers les amphithéâtres de l'aile des formations. Il s'assit derrière le bureau dédié à l'animateur tandis que quelques étudiants prenaient place dans la salle elle-même. Il alluma ensuite son écran plasmique ainsi que le mur d'écrans sur lesquels apparurent les dizaines d'étudiants connectés à la session.

— Bonjour, les salua-t-il. Et bienvenus pour cette intervention. On m'a demandé d'aborder aujourd'hui la question de l'agnosticisme. Mais rassurez-vous, je n'enseigne pas la philosophie, nous resterons dans le domaine de ce qui touche à la Règle. Quel sens cela a-t-il pour vous ?

Un écran sur le mur se cercla d'une lumière verte, signe que l'étudiant avait pris la main pour s'exprimer.

— Une personne agnostique est quelqu'un qui doute, qui sait dire qu'elle ne sait pas et même qui peut trouver présomptueux d'avoir des certitudes.

— Tout-à-fait, dit Winston en reprenant la main. C'est bien cela. Et en particuliers, on en parle pour la religion et l'existence de Dieu. Avant le grand cataclysme et l'avènement de la Règle, la pratique de la religion occupait une place un peu particulière. La plupart des états avaient une sorte de préférence, une religion particulière qui s'appropriait de fait une partie du pouvoir et faisait partie intégrante de l'appareil qui gouvernait. On pouvait voir des présidents prêter serment au nom d'une religion ou même des religieux prendre le pourvoir. Très peu de ces états avaient institué un principe qui garantissait la possibilité de pratiquer sa religion fut-elle officielle ou non. De ce fait, la religion devint un enjeu de pouvoir que certains essayèrent d'utiliser pour servir leurs ambitions. Elle devint un prétexte à toutes sortes d'activités malsaines et destructrices. On vit, au nom de la religion de véritables massacres. L'homme semblait avoir renoncé à la religion comme un bienfait, un guide moral et spirituel pouvant aider, ressembler, partager, pour en faire une véritable arme de guerre. On vit les actes les plus atroces perpétrés au nom d'une religion. Elle fut brandie en étendard sanglant transformant l'amour, l'espoir, le partage en communautarisme, en exclusion et en haine. Ce fut sans doute une bonne part de ce qui a poussé le monde à basculer dans le chaos que vous savez. Mais je ne suis pas là pour faire un cours sur l'histoire de la spiritualité, je souhaite juste expliquer le fondement de ce qui touche à la religion dans la Règle. L'expérience de ce monde défait a montré que la laïcité était certes nécessaire, mais pas suffisante. L'avènement de la Règle fut donc l'occasion de proposer de franchir l'étape supplémentaire : le doute. Bien entendu, dans toute sa mansuétude, la Règle permet la croyance et la pratique de toute religion, quelle qu'elle soit pour autant qu'elle ne porte pas atteinte au fonctionnement de la société. Ce besoin de spiritualité est reconnu et admis, il est un refuge et un support pour beaucoup et il n'est pas question de remettre cela en cause. La Règle a pour objectif l'épanouissement de chacun dans le respect de tous, la spiritualité est un élément essentiel du développement, elle ne pouvait pas être ignorée par la Règle. La raison a donc poussé à ce que la Règle prône le doute. Ainsi, il n'y a aucun dogme, pas plus qu'il n'y a d'interdit. La Règle pousse simplement à l'humilité de penser qu'il est par définition difficile d'affirmer ou d'infirmer l'existence d'une force dont l'essence même est de ne pas nous être accessible. Il est donc raisonnable de croire en un esprit supérieur, mais déraisonnable d'affirmer en savoir l'existence. Dans ce domaine également, la Règle fait toute la différence et pose les garde-fous nécessaires à la protection de l'homme contre lui-même et les dérives dont il s'est montré capable par le passé. L'agnostique n'est donc pas un crétin qui ne sait décider, mais un homme, conscient de son état infinitésimal dans cet univers et qui ne saurait avoir des certitudes quant à ce qui le dépasse. Il me semble important de bien comprendre ce fondement pour que vous sachiez, dans votre futur rôle d'agent d'application de la Règle, être justes. Vous allez rencontrer des individus dont la pratique a certes un rôle prépondérant dans leur existence, mais qui ne représentent aucun danger puisqu'ils ne pratiquent aucune forme de prosélytisme.

A cet instant, Winston s'interrompit car un écran se cercla de vert, signe qu'un étudiant souhaitait intervenir.

— Excusez-moi, mais qu'entendez-vous par prosélytisme ? demanda celui-ci.
— C'est justement, la tentative de rallier d'autres à ses propres croyances. Dans ce domaine, la clémence n'est pas de circonstance. Si une discussion argumentée entre individus est tout-à-fait saine pour défendre ses positions et ses opinions, des activités de propagandes, voire de contraintes doivent être réprimées conformément à la Règle. Il ne peut être question de laisser se développer des activités, même insignifiantes en apparence, qui pourraient alimenter des mécanismes dont le machiavélisme a été si dévastateur.

L'intervention de Winston dura presque deux heures et pourtant, aucun de ceux qui y assistaient ne manifesta d'impatience. Il était apprécié pour son pragmatisme et le sens qu'il donnait à ses argumentaires. Il inspirait une sorte de respect par sa façon de s'adresser à son auditoire, simplement avec honnêteté et passion. Il en retirait quant à lui une grande satisfaction parce qu'il avait le sentiment de partager et de transmettre une partie de ce qui l'animait, de ce en quoi il croyait et ainsi d'apporter sa pierre à la construction d'une société juste et tranquille. Il ressortait donc de ce genre d'exercice fatigué mais réjoui.

*« La Règle est l'indispensable ciment entre les
générations et entre les classes sociales »*

De toutes les communautés auxquelles Winston participait, aucune ne lui attribuait une mauvaise réputation. Il jouissait d'une popularité importante. A croire que, de tous ses personnages virtuels, transpirait son dévouement et sa volonté d'aider ses semblables. A peu près chaque soir, au sortir du bureau, il se connectait à ses communautés favorites et y entretenait des communications enrichissantes. Une communauté était localisée sur une planète. Chacune de ces planètes possédait ses lois, mais aussi ses codes et ses modes. Il était quasiment impossible de s'improviser habitant d'une planète sans en connaître un minimum auparavant. Non seulement il fallait être imprégné des us de la planète fréquentée, mais les pratiques déplacées étaient immédiatement identifiées par les membres et sanctionnées par des notations individuelles déplorables telles que plus aucun membre ne daignait communiquer avec celui qui s'en était rendu coupable. Autant dire que cela équivalait à un bannissement.

Winston avait ses entrées sur une demi-douzaine de planètes. Bien des citoyens avertis le lui auraient envié si cela avait pu être avouable. Mais la plus grande discrétion était de mise à ce propos. Personne ne songeait à dévoiler ses identités virtuelles ni ses jeux parallèles à la vie réelle. La raison en était extrêmement simple. Les communautés virtuelles étaient l'espace de liberté laissé aux citoyens. Il s'agissait du seul endroit, fut-il virtuel, où chacun pouvait contribuer à édifier les lois et les limites. L'Administration n'opérait aucun contrôle sur ce qui s'y passait et tout y était autorisé. Le système de notation des membres était le seul garde-fou. Ainsi, dès qu'une communauté atteignait une taille critique, la population de ses membres régulait les excès par des notations des membres trop excentriques. Le système démocratique fonctionnait à merveille. L'Administration n'avait jamais regretté la mise en place de ce système qui avait contribué à canaliser les potentiels dérives. Les planètes constituaient donc l'exutoire d'une partie des citoyens et ceux-ci n'auraient voulu pour rien au monde, violer cette zone où la Règle n'exerçait aucune influence.

Certaines planètes, fort prisées, étaient d'ailleurs très connues pour leurs pratiques excentriques, d'autres étaient très libertines tandis qu'il en existait d'extrêmement libertaires prônant une anarchie totale, sans concession.

En réalité, on s'était aperçu qu'un grand nombre de ces communautés s'étaient auto régulées. La plupart des participants se cachaient certes sous une identité et une vie sans rapport direct avec la leur, mais leur comportement n'était en fait pas aussi extravagant ou provocateur qu'on aurait pu l'imaginer. Les conversations, les événements, tout ce qui pouvait s'échanger sur les planètes avait finalement un rapport assez immédiat avec la réalité. On pouvait s'y échanger des recettes de cuisines, des trucs de bricolage, monter des rencontres regroupant des centaines de milliers de membres autour d'un thème d'actualité ou d'une cause réelle.

Parmi toutes ces planètes, Winston participait donc à quelques-unes. Tel un chat, il avait ainsi sept vies. Pour les six qui étaient virtuelles, elles étaient souvent nocturnes et il s'y cachait derrière un personnage fantoche pour faire des rencontres, prodiguer des conseils, deviser sur des technologies etc.

C'était une façon de passer le temps, mais aussi de se fondre dans des personnages et des situations qu'il ne connaîtrait jamais dans le réel. Ses personnages étaient certes plus excentriques que lui, mais au final, l'esprit de Winston était bien là dans chacun d'eux.

Ce soir-là, Winston avait une idée en tête. Une idée qu'il avait d'abord lui-même jugée un peu saugrenue. Puis, en y regardant d'un peu plus près, il s'était dit qu'il s'agissait peut-être d'une partie de la solution pour venir en aide à Nalala.

Lorsqu'il se connecta à ses planètes, Winston entama ses conversations habituelles. Il prit alors un personnage dans une conversation privée et lui demanda s'il serait prêt à participer à un mouvement à l'air libre (ce qui signifiait dans la vraie vie) pour contribuer à une bonne œuvre. Winston s'appuya sur la popularité de son personnage pour tenter de convaincre son interlocuteur.

Après quelques minutes d'échanges, l'autre acquiesça et manifesta même un certain enthousiasme à cette idée. Il alla jusqu'à trouver que l'action que Winston lui demandait manquait de sel et ne présentait aucun risque. Mais puisque le mouvement devait se faire de façon massive, il y participerait bien volontiers. Il n'y avait là aucune garantie que l'engagement serait suivi d'effet. Mais Winston avait résolument confiance en la nature humaine.

Fort de ce premier succès, Winston réitéra tout au long de la soirée avec des profils différents sur des planètes différentes. Il ne subit aucun échec. Tous adhérèrent à sa proposition. Il n'avait pourtant rien à procurer en échange que la promesse de contribuer à une action louable. Mais Winston n'avait pas envie de bouder son plaisir. Ce test rendait son plan imaginable et c'est ce qui comptait vraiment pour lui.

Il se coucha ce soir-là plein d'espoir, mais aussi avec une angoisse grandissante. Il savait qu'il prenait un risque très important en se lançant dans cette aventure. Il pouvait perdre beaucoup s'il se faisait prendre. Mais Winston n'arrivait pas à voir les choses de cette façon. Pour lui, la cause était bonne, il œuvrait donc dans le bon sens. Il se disait bien que pour ne pas dévier de la Règle il devrait inciter Nalala à faire un recours auprès de l'autorité supérieure de la Grande Administration, mais ce genre de procédure n'avait que très peu de chances d'aboutir et surtout, les dissidents auraient fait craquer Nalala bien avant. Winston aurait également pu se demander dans quelle mesure il aurait aidé Nalala de la sorte si elle n'avait pas eu ce regard de louve et si elle ne dégageait pas ce je ne sais quoi de mystérieux et d'envoutant. Mais le temps pressait et il préférait remettre ce genre de considération à plus tard. Il n'avait donc décidément pas le choix, le temps était maintenant à l'action.

« La Règle est à la société ce que la colonne vertébrale est au corps, Elle véhicule l'influx, Elle commande l'action »

— Bonjour, nous nous retrouvons pour notre hebdo, vous connaissez la procédure, on ne va pas perdre de temps. Jozuon, vous commencez.

Ainsi venait de s'exprimer Porcal, le grand chef de secteur. Il était raide comme un piquet, vêtu d'un costume noir et affublé de lunettes aux montures épaisses qui accentuaient encore la rigidité de son regard et de sa posture. Il réunissait chaque lundi les agents de ce service lors d'une séance qu'il avait subtilement nommée « *l'hebdo* ».

Ses disciples étaient placés en arc de cercle, lui faisant face et arboraient tous une attitude des plus sérieuses. Chacun savait que l'hebdo n'était en aucune manière sujet à plaisanter, d'autant que l'évaluation du grand chef de secteur reposait en grande partie sur cet exercice.

De façon immuable, le grand chef de secteur venait de désigner l'agent qui allait débuter la séance. Ensuite, viendrait le tour de son voisin de gauche, puis de proche en proche jusqu'à ce que tous se soient exprimés.

Jozuon était donc l'élu du jour. En agent appliqué et impliqué, il s'exécuta.

— La semaine passée, j'ai traité trente-huit cas. Vingt-neuf appartenaient à la classe standard, huit à la classe médium et un à la classe supérieure…

— Ne développez que le cas supérieur, coupa le grand chef de secteur.

— Il s'est agi d'un cas d'artifice de permis de travail. Le sujet souhaitait faire reclasser son permis de travail en zone élargie. Sa qualification ne le permettait pas, mais il a dû être renseigné par des sources assez peu communes car il m'a présenté un artifice extrêmement subtil tiré du chapitre des logements de la Règle et de celui des transports. Il s'avère que si l'on examine des parties précises des deux chapitres, il est possible d'apporter une interprétation allant dans son sens. Voulez-vous que je développe ?

— Naturellement, nous sommes là pour ça, rétorqua le grand chef de section. Mais soyez synthétique. Précis, et synthétique.

Jozuon détailla donc son cas avec rigueur. Tous ses collègues l'écoutaient avec une attention studieuse, conscients qu'ils devaient enrichir leur connaissance pratique grâce à cet exposé et qu'en aucun cas ils ne pourraient hésiter si une affaire similaire se présentait à eux. L'attention était donc intense, d'autant que tous avaient bien en tête le fait qu'ils devraient à leur tour exposer au moins un de leurs cas délicats.

Quant à Jozuon, sa nature appliquée, voulant toujours en faire trop diront certains, se perdait dans les détails ce qui lui valut un rappel à l'ordre du grand chef de secteur.

— Passez les détails Jozuon, il est temps de conclure !

— J'ai donc réussi à débouter ce citoyen en couplant ces deux articles dont je viens de pointer les failles.

— Très bien, reprit le grand chef de secteur, comme s'il était soulagé que l'exposé ait pris fin. J'ai deux remarques concernant votre cas et votre façon de l'exposer. Premièrement, la Règle n'a pas de faille. Je ne peux tolérer que l'un de mes agents tienne ce genre de propos. Ensuite, lorsque vous dites « j'ai réussi à débouter ce citoyen », il me semble que vous perdez de vue l'objectif même de votre mission qui est d'être au service de vos concitoyens et non de les piéger. Votre rôle est d'être juste et pour cela, votre seule référence est la Règle. Votre connaissance de la Règle, votre formation et votre expérience, même incomplètes, vous donnent les moyens d'atteindre cet objectif noble et louable. En revanche, le fond de votre intervention est tout-à-fait satisfaisant.

En considérant le grand chef de secteur, ce commentaire équivalait à de vives félicitations. Jozuon le recevait bien ainsi, même s'il ne pouvait le faire voir sur le moment. Il était d'usage que le premier rapport (au moins) de l'hebdo soit recadré par quelques remarques sulfureuses, affirmant ainsi l'autorité du grand chef.

Chaque confrère exprima une affaire de la semaine écoulée. Les meilleurs n'essuyèrent que quelques remarques anodines, comme ce fut le cas de Jozuon, tandis que les moins adroits reçurent des salves de reproches et de longs moments de citations et d'interprétation de la Règle. L'hebdo était toujours une épreuve redoutée. Il passait pour être un élément essentiel de la formation continue des agents et en un sens, cela se vérifiait. Néanmoins, le management de ce grand chef de secteur en avait détruit plus d'un. Il fallait une motivation hors du commun pour affronter ses remontrances perpétuelles et souvent démesurées. C'était peut-être le prix à payer pour avoir le droit d'exercer le métier d'agent d'application de la Règle.

Au sortir de cette séance, Winston alla féliciter Jozuon. Sa prestation avait été très bonne, surtout en première position. Ce dernier fut flatté et s'enhardit à poser une question extra-professionnelle à Winston :

— Tu as des nouvelles, demanda-t-il ?
— Des nouvelles, fit Winston en guise de réponse. Il avait très bien compris, mais il redoutait cette question.
— Nalala…
— Ah, oui, fit Winston faussement surpris. J'ai peur que ce que j'ai appris ne te plaise guère. Je crois que tu n'es pas le sujet sur lequel elle jetterait son dévolu. Je suis désolé.

Winston n'avait pas prémédité ni calculé ce qu'il venait de dire à Jozuon. Il ne pouvait pas lui dire qu'il était, lui, la cible de Nalala. Néanmoins, il lui avait semblé nécessaire de couper court aux espoirs de son collègue. Il avait voulu que celui-ci ne souffre pas d'avantage et ne se fasse encore des illusions durant des semaines.

Bien entendu, Jozuon reçut la nouvelle comme un coup de massue. Il devint blême et à l'euphorie de l'hebdo succéda une détresse bien réelle. Les bras le long du corps, il y eut un long moment avant qu'il puisse articuler quelques mots pour exprimer sa déception et sa détresse.

Il fit d'abord « Ah… », puis « mais … » avant de renoncer encore de longues secondes. Winston, qui le voyait souffrir aurait aimé le soulager, mais il ne voyait pas ce qu'il aurait pu lui dire pour cela. D'autant qu'il se sentait un peu coupable. Tout du moins, il avait le sentiment de ne pas être totalement honnête puisqu'il en savait beaucoup plus que ce qu'il lui annonçait. Mais d'une part, il ne voyait pas comment ajouter à cela que Nalala en pinçait pour lui, il aurait eu l'impression de l'achever, et il risquait par-dessus le marché de passer pour un traître qui aurait profité de la demande de Jozuon pour aller aborder et séduire la jolie Nalala Non, vraiment, ça n'en valait pas la peine. De son côté, Jozuon qui n'émergeait toujours pas de son profond désarroi venait de tourner les talons pour se diriger vers son box. Winston quant à lui resta encore quelques instants planté là avant de recouvrer complètement ses esprits et de reprendre le cours de sa journée. Il avait en tête un début de solution qui pourrait rendre possible la demande de Nalala et il s'y accrochait, tentait de creuser et de préciser le plan qui pourrait rendre possible ce dessein un peu fou. Tout d'abord, il fallait qu'il s'assure de quelques éléments importants pour consolider ce qui pourrait devenir son plan.

Lorsqu'il eut un moment, Winston appela Labi, qu'il avait connu durant ses études. Ils avaient sympathisé parce qu'ils avaient fréquenté les mêmes communautés. Ils avaient des affinités qui s'étaient confirmées lors de leurs sorties et des séjours organisés par l'Administration éducative. Le genre de séjour fait à la fois pour distraire les étudiants, les familiariser avec une richesse étatique, mais aussi pour souder les équipes autour des valeurs dispensées par la Règle. Sur ce plan, Winston et Labi n'avaient eu aucun mal à se rejoindre. Ils avaient passé de nombreux week-ends à refaire le monde et à imaginer leur avenir respectif dans les couleurs fidèles à leurs idées de la société et conformes à la générosité d'esprit qui anime les jeunes gens de cet âge. Après leurs études, chacun avait été happé par son nouvel emploi, Winston à la Grande Administration et Labi dans un service des technologies d'Etat. Aux dernières nouvelles, Labi avait pris la tête d'un important département en charge des techniques de surveillance. Mais depuis au moins deux années, Labi et Winston se voyaient beaucoup moins régulièrement. Le boulot, mais aussi la distance et puis chacun avait construit sa vie. Tout cela avait fait qu'ils s'étaient éloignés peu à peu.

Winston chaussa ses lunettes de vision et établit la communication. Il eut l'image de Labi quasi immédiatement.

— Salut Labi !

— Salut Winston, quelle bonne surprise ! Comment vas-tu ?

— Très bien, répondit Winston, Très bien ! Toujours à fond pour la Grande Administration et pour la Règle, comme tu t'en doutes. Et toi, depuis le temps ?

— Eh bien moi c'est un peu la même chose, j'avance dans mon boulot et je prends toujours mon pied dans ce job. Mais ce que tu ne sais certainement pas, c'est que je vais bientôt me marier.

— Ah oui ?

Les deux hommes qui ne s'étaient pas parlé depuis bien longtemps continuèrent cette conversation plusieurs dizaines de minutes. Winston, relativement habilement, réussit à obtenir les informations qu'il escomptait. Labi lui raconta également ses nouvelles passions techniques, sa vie qui était en pleine transformation avec sa future union, ses projets etc. Mais finalement, Winston se dit à l'issue de la communication qu'ils avaient moins à partager aujourd'hui que lorsqu'ils étaient étudiants. Beaucoup de choses les séparaient maintenant et leurs centres d'intérêts divergeaient notablement. Winston était un peu troublé par ces considérations lorsqu'il sursauta au son de la voix de Nalala.

— Bonjour Winston, comment allez-vous après ce

brillant hebdo, l'interpela-t-elle ?

Winston fut très surpris qu'elle l'accoste ainsi dans les couloirs du service. Mais à l'évidence elle gardait la distance de rigueur pour ne trahir aucune relation personnelle qui fût totalement déplacée en ces lieux. Ceci le rassura, sans pour autant répondre à sa curiosité.

— Très bien, merci Nalala. Votre prestation n'était pas mal non plus, félicitations.

Nalala, qui faisait face à Winston, tournait le dos à tous ceux qui pouvaient passer dans ce couloir.

— Je me demandais si vous pourriez me rendre un petit service, dit-elle sur un ton neutre.

Joignant le geste à la parole elle ouvrit la main et la présenta à Winston comme le salut d'un chef indien. Winston put alors lire ce qu'elle y avait inscrit « *ce soir, l'air de ne pas en avoir l'air, 21h* ».

— Oui, certainement, répondit Winston comprenant finalement le message.
— C'est parfait, merci, répondit-elle avec un sourire de satisfaction manifeste.

Elle tourna les talons et s'évanouit dans le couloir presque aussitôt, laissant là Winston dans sa torpeur. La soudaineté de cette apparition, la brièveté de la conversation, mais aussi la perspective de revoir Nalala en face à face le laissèrent dans cet état second qui ne dure que quelques instants, mais qui est à la fois léger et agréable. Il reprit ses esprits et regagna son bureau pour y accomplir son devoir et aussi, il faut bien l'avouer, faire passer le temps au plus vite pour se rapprocher de l'instant où il allait retrouver Nalala.

Le soir venu, il se rendit dans l'hyper-centre. Il était

toujours troublé par ce rendez-vous fixé par la jolie brune. Bien entendu, il savait très bien de quoi elle voulait lui parler. Mais le fait qu'il s'agisse d'une jolie fille l'émoustillait et Winston était intimement persuadé que Nalala avait bien un faible pour lui, d'autant qu'il était décidé à jouer les justiciers pour elle, au péril de sa carrière et peut être bien plus. C'est donc avec pleine confiance et enthousiasme qu'il arriva à « *L'air de ne pas en avoir l'air* ». Le lieu était bondé, ce qui était bien normal, vu la réputation de son air sursaturé. Il se glissa néanmoins vers le fond de la salle principale et il vit avec étonnement qu'elle était déjà là. Elle lui faisait un petit signe de la main pour attirer son attention. Winston alla donc s'installer dans ce petit salon qu'elle occupait déjà.

S'en suivirent quelques banalités introductives et quelques bouffées d'air. Winston, couillon de son état, ne rentrerait pas dans le vif du sujet avec Nalala, quel que soit le sujet, en tout cas pas avant quelques moments destinés à préparer le terrain, à l'aplanir, voire même à le re-préparer encore. C'est donc à Nalala qu'il revenait d'aborder la conversation sous un angle plus sérieux :

— Winston, je suis très contente que tu sois venu. Depuis notre dernière entrevue (Winston aurait préféré 'Rendez-vous' qui eut été plus complice), je me demande comment tu as pris ce que je t'ai dit et si tu as réfléchi…

Voyant que Winston ne lui emboitait pas le pas, Nalala reprit :

— Les choses ne se sont pas améliorées depuis. Les dissidents font de plus en plus pression sur moi et je crains de ne plus tenir bien longtemps. Je vais devoir leur céder. De toute façon, ça doit finir comme ça, c'est l'histoire de ma vie. Je le sens bien, depuis le début, j'essaie de m'en sortir, j'essaie de me défaire de mon passé, dont soit dit en passant, je ne suis en rien responsable, mais je n'y arrive pas. Je suis toujours rattrapée. Tu sais par exemple que lorsque je suis partie pour faire mes études et me détacher de ma famille, ils ont essayé de me retrouver et ils ont bien failli y parvenir. J'ai été obligée, durant des mois et des mois de changer d'adresse, d'habitudes, de ne pas me lier avec qui que ce soit. Comme un fuyard dans un policier. Il a fallu presque deux ans avant qu'ils ne perdent définitivement ma trace. Mais il n'empêche que j'ai parfois l'impression de les voir, là, au détour d'une rue ou d'un couloir. J'ai toujours peur qu'ils ne me retrouvent et de replonger dans tout ça. Je ne veux plus avoir aucune relation avec eux. Je ne t'en ai pas parlé l'autre jour parce que ça n'a pas de rapport avec ma situation actuelle, mais mon père a toujours été odieux avec moi. Quant aux dissidents, je crois qu'ils sont beaucoup mieux organisés que ce que l'on veut bien nous dire à la Grande Administration. Je les crois redoutables et capables de coups très tordus. En tout cas, je peux te dire qu'ils sont très bien renseignés. Tu veux que je te montre le dernier autotexte qu'ils m'ont envoyé ?

Nalala mit sa main dans sa poche et en sortit une puce qu'elle tendit à Winston. Celui-ci la prit et l'adapta à ses lunettes de visualisation qu'il chaussa pour lire le texte effectivement éloquent et précis.

Ce que l'on attend de toi

Prisonnier : Lean

Matricule : Lean-XTF-56-77#&99-TZ

Cellule : 4-567 Aile Nord

Action : Valider ses conditions de sortie des geôles

de l'état

Délai : une semaine

Sinon, nous révélerons ton petit secret. Dans l'intérêt de tous, une petite manipulation sur ton terminal et tout rentrera dans l'ordre.

— Je pense sérieusement à le faire, dit Nalala tandis que Winston retirait ses lunettes. Mais le problème est que même si je leur obéis sur ce coup-là, je ne vois pas pourquoi ils s'arrêteraient.

— Et ils risquent même de t'en demander de plus en plus sachant que tu ne pourras plus reculer, renchérit Winston.

— Tu as certainement raison, dit Nalala dans un soupir en se prenant la tête dans les mains. Alors tu crois comme moi qu'il n'y a pas de solution ? Après tout, c'est certainement mon destin. Et puis je n'ai pas le droit de te mouiller là-dedans. Tu es irréprochable et rien que le fait de t'en avoir parlé pourrait faire de toi un complice. Quand bien même tu le voudrais, il n'y aurait peut-être pas de solution. La seule issue est que je signale ma parenté à l'Administration et advienne que pourra !

— Je ne dirais pas ça, répondit Winston sur un air énigmatique.

Après un instant de réflexion, Nalala releva la tête, le regard chargé d'espoir et planté dans celui de Winston. Elle était suspendue aux paroles qui allaient immanquablement arriver pour compléter cette petite phrase que Winston avait lancée.

— Ce que tu m'as dit l'autre jour m'a effectivement travaillé et j'y ai pas mal réfléchi. La première chose est la légitimité de l'action. Je ne peux pas me lancer dans un acte pareil sans avoir la conviction qu'il s'agit d'une cause juste vis-à-vis de tout ce en quoi je crois. Or, en retournant le problème encore et encore, je pense que ta situation mérite réparation.

Winston se dit à cet instant que si un concitoyen lui avait exposé ce cas dans son box, il lui serait venu en aide, mais plus certainement avec un dépôt de recours auprès de la Haute Administration, ce qui n'aurait que très peu de chances d'aboutir. Alors que là....

Nalala, quant à elle, bouillonnait. Le fait que Winston, le grand Winston, entrevoie une solution à son problème et que, de plus, il soit prêt à donner de sa personne pour y arriver la rendait électrique. Sa vie avait été tellement dépendante de ces liens jusqu'à présent que le fait d'entrevoir une fin possible faisait naître en elle des espoirs qu'elle n'osait même pas développer jusque-là.

— Le deuxième aspect est de savoir si le tour est jouable. La Grande Mémoire est tout de même un des piliers de l'institution que nous défendons tous les jours. De plus, elle est protégée de façon exceptionnellement forte. Et là, j'avoue que c'est encore beaucoup plus compliqué.

— Mais tu crois que c'est possible ou pas ?

— Eh bien, sincèrement, je crois que c'est de la folie, dit Winston ménageant ses effets. Mais avec une grosse dose de chance, c'est peut-être possible. Je pense que j'ai une idée qui pourrait fonctionner, mais je ne maîtrise pas encore tout. Comme disait P.G. Latécoère, un pionnier de l'aviation « J'ai refait tous les calculs, c'est irréalisable. Il ne reste plus qu'une chose à faire : le réaliser ! ».

Cette vielle citation lui était venue comme ça, pour lui donner du courage et faire bonne figure. Il avait bien besoin d'user d'auto persuasion.

— C'est vrai, explosa Nalala ? Raconte-moi !
— Et bien en fait...

Winston s'arrêta, la bouche ouverte face à Nalala qui attendait la suite avec impatience.

— Tout bien réfléchi, reprit Winston, je pense qu'il vaut mieux que tu en saches le moins possible. Tout ce que tu dois savoir est que je mettrai mon plan à exécution avant la semaine prochaine.

Nalala retomba dans son fauteuil, coupée dans son élan. Elle débordait de joie de savoir que Winston allait lui venir en aide. Il allait réussir, ça ne faisait aucun doute. Mais elle se sentait frustrée du mystère du « comment ». Toutefois, elle n'osait pas insister auprès de Winston, il se mettait en péril pour lui venir en aide et elle ne se sentait pas le droit d'en exiger d'avantage.

— Tu ne peux pas savoir combien ça me touche, dit-elle à Winston. C'est formidable que tu veuilles m'aider.

Nalala exultait et Winston tentait de garder la tête froide.

— Je ne suis pas sûr que tu doives t'emballer comme ça Nalala, l'affaire est très loin d'être faite, à ma connaissance, personne n'a jamais bidouillé la Grande Mémoire sans se faire prendre !
— C'est sans doute parce que personne n'a jamais essayé, en tout cas personne ayant ton talent !
— Je te remercie de ta confiance, ça me touche à mon tour, se contenta de répondre Winston.

L'euphorie de Nalala et l'air sursaturé aidant, les deux jeunes gens se rapprochèrent sensiblement et commencèrent à s'effleurer. Winston, embarrassé, tenta de relancer la conversation.

— Tu disais que ton père a toujours été odieux avec toi, c'est délicat de te demander ce que tu entends par "odieux" ?

— Disons que pour lui aussi, il n'y en avait que pour ma sœur. Toute son affection et toutes ses attentions, exceptées pour ce qui consistait à servir de boniche. C'est pas compliqué, je ne me souviens pas avoir vu un jour ma sœur tenir un aspirateur hypersonique ou même préparer un repas. Elle a toujours été la petite princesse devant laquelle tout le monde s'incline. Mon père m'a toujours fait sentir cette différence. Je n'ai jamais compris pourquoi, mais je peux t'assurer que le jour où j'ai décidé de quitter le navire, ce n'était pas pour leur laisser la moindre occasion de me pourrir encore la vie. Je voulais échapper à tout ça, montrer ce que je valais, ce dont j'étais capable et pouvoir être appréciée pour ce que je suis. Peut-être même reconnue, qui sait.

Nalala posa sa tête sur l'épaule de Winston puis l'envouta encore un peu plus de son regard de velours avant d'ajouter :

— Surtout que la vie va bientôt devenir encore beaucoup plus belle !

Elle laissa Winston libre de l'interprétation. Définitivement couillon, celui-ci n'osa pas tenter d'en savoir plus. Il prit simplement avec délectation le baiser passionné que lui proposa Nalala avant de tourner les talons et de le laisser à nouveau seul.

« *La Règle est aussi le lien entre l'homme et la planète* »

Chaque soir, Winston rassemblait des membres, des membres et encore des membres pour son action. Il passait de plus en plus de temps devant sa console. Il ne s'adressait plus individuellement à chacun, mais passait directement par les organisateurs de groupes, sans quoi il lui aurait fallu des années pour arriver à ses fins. Son compteur tournait et la date qu'il s'était fixée pour atteindre la Grande Mémoire approchait. D'après ses calculs, il n'était plus très éloigné du nombre de participants requis.

Ce soir-là, Winston œuvra encore pour le ralliement. Il aborda chacune des planètes auxquelles il avait accès pour y retrouver des nouveaux groupes. Il expliquait inlassablement son projet, tout du moins ce qu'il pouvait en dire et tentait de persuader les membres de se rallier à sa cause tout en étant d'une extrême discrétion. Il s'agissait d'une bonne action et il n'avait en général que peu de peine à persuader les habitants de la planète de l'aider. Mais ces activités nocturnes lui prenaient beaucoup de temps et son sommeil commençait à en souffrir. Plus il empiétait sur ses nuits pour mobiliser des bonnes volontés, plus les matins étaient difficiles et laborieux. Il se trouvait face à ses concitoyens avec son idée fixe qui tournait en boucle et sa fatigue accumulée.

Néanmoins, cette partie de son plan prenait forme. Il approchait du but. En revanche, un élément manquait à l'édifice. Il souhaitait pénétrer dans l'immeuble de la Grande Mémoire. Il s'agissait du procédé le plus simple. Mais il n'avait pas encore trouvé le moyen d'accéder au bâtiment. Il s'agissait d'une sorte de forteresse et il serait très difficile d'y parvenir, mais Winston avait une petite idée sur la question.

Sa relation avec Sigmund avait pris une dimension qui lui semblait être une véritable amitié. Ce genre de relation qui fait que l'on peut se permettre de donner un avis critique, de dire ce que l'on pense vraiment, ou demander des choses embarrassantes. L'épisode de l'autre jour avait un peu marqué Winston. Il avait eu l'impression d'être le témoin, sinon l'acteur ou le complice, de ce qui ressemblait à un virage dans la vie de son nouvel ami. Ce genre d'événement ne pouvait pas laisser indifférent, Winston avait pénétré à cet instant dans la sphère intime de Sigmund et celui-ci l'avait invité à y entrer, preuve de sa confiance et de sa volonté d'y admettre Winston.

Depuis des mois, il se demandait comment percer les mystères de ce garçon. Ils avaient une relation plus que cordiale, mais pas l'intimité caractéristique de l'amitié. Sigmund semblait d'ailleurs ne pas accéder à ce genre de relation avec quiconque. Winston en avait d'autant plus de fierté. Ce type qui le fascinait devenait un ami et ce rapport l'enchantait. Il sentait que cette relation allait être riche et il s'en réjouissait.

Sigmund, de par ses activités cultivait beaucoup de relations. La plupart professionnelles et certainement basées sur le développement du business, mais un service en valant un autre, chacun s'appuyait sur les autres pour avancer et faire progresser ses intérêts. A ce titre, Winston savait qu'il pouvait exploiter le carnet d'adresses de son nouvel ami. Il se décida donc à l'appeler pour lui demander un service et chaussa ses lunettes.

— Sigmund, comment vas-tu ?
— Pas mal, merci.
— Alors, comment s'est terminé ton épisode dramatique de l'autre jour ?

Winston faisait bien sûr allusion au jour où Sigmund avait quitté son amie avec laquelle il était depuis de nombreuses années et ensuite il avait expédié la fille qu'il avait rencontrée lors d'un séminaire et qui lui avait tourné la tête. A la fin de leur dernière conversation, Winston avait incité son ami à recoller les morceaux avec celle qui semblait lui avoir chamboulé l'esprit.

— Eh bien, mieux que ça n'avait commencé. Pour faire court je suis sur un nuage. Je redécouvre plein de choses que je ne savais même plus exister. C'est assez extra alors j'en profite.
— Je ne suis pas sûr de t'avoir déjà entendu aussi enjoué, ça fait plaisir à entendre.

En effet, le ton posé et le verbe toujours réfléchi, Sigmund était éternellement enclin à la retenue et au sérieux. Chaque phrase semblait être le produit d'un calcul consciencieux. Mais Winston sentait ce soir qu'il était beaucoup plus léger qu'à l'accoutumé. Il décida donc de se lancer.

— Tu ne m'en voudras pas de ne pas rentrer dans les détails, mais je suis actuellement sur une affaire assez délicate et j'ai un service à te demander à ce sujet.
— Ah oui, répondit Sigmund. Mais dis m'en un peu plus tout de même, que je connaisse les fondements.
— Disons que je cherche à défendre un cas difficile

et que pour ça, je vais avoir recours à des méthodes que je n'ai encore jamais expérimentées. Peut-être même un peu limite.

— Oh là ! le grand Winston s'encanaille ? Et tu attends quoi de moi ?

— Tu m'as dit l'autre jour que tu connaissais très bien le patron de la compagnie qui assure la maintenance du bâtiment de la Grande Mémoire. J'aimerais savoir si tu peux lui poser quelques questions qui me seraient précieuses.

— Là tu m'inquiètes, dit Winston. Tu me demandes ça comme si tu préparais un casse ou si tu voulais t'introduire illégalement dans l'immeuble.

— Ben, c'est un peu ça, dit Winston, extrêmement gêné. Mais je peux t'assurer que c'est pour une bonne cause, et même une cause très louable, tu me connais !

— Tu veux que je soutire des informations sur la sécurité du bâtiment, c'est ça ton service ?

— Si on résume, oui, mais en fait pas tout-à-fait…

Un silence gêné s'installa. Un silence que Winston trouva terriblement long. Il voyait Sigmund préparer sa réponse qu'il attendait avec impatience et aussi un soupçon d'angoisse. Il savait qu'il n'y aurait aucun détour dans ce qu'allait lui dire son ami. Une sorte de sentence sans appel.

— Mon cher Winston, je ne viendrai pas à ton secours. Tu t'es lancé dans je ne sais quelle aventure sans intérêt et il est hors de question que je risque une once de ma réputation pour en devenir le complice. Je suis particulièrement bon dans ce que je fais, j'ai une réputation à défendre et une image que je ne peux pas écorner avec des enfantillages.

— Mais il ne s'agit pas d'enfantillages !

— Je te connais et je sais qui tu es, déclara

solennellement Sigmund. Et bien je vais te le dire, tu n'es qu'un petit. Un petit qui n'arrivera jamais à rien. Ce que tu fais, comment tu le fais, et en définitive qui tu es, tout cela est petit. Pour ces raisons, tu ne m'intéresses pas.

Winston voulut répondre, mais Sigmund avait déjà coupé la communication. Il sentit une profonde déception s'abattre sur lui. Mais aussi et surtout un sentiment de trahison. Il avait donné à cet individu sa confiance et son estime, il l'avait considéré comme un ami, comme un proche et l'autre lui marchait dessus comme on écrase un cafard. Ce ton hautin, ces mots gorgés de certitudes étaient la révélation de son vrai visage. Ce mépris révélait le fond de sa personnalité égocentrée et vaniteuse. D'ailleurs, il était celui qui disait si souvent « ce qui est important est de ne pas porter atteinte à l'intégrité de l'individu, d'être toujours factuel et jamais subjectif ». Il venait visiblement de faire fi de son objectivité, d'abandonner ses principes. Il venait simplement de refuser de mettre un tant soit peu en danger ses intérêts pour aider quelqu'un qui croyait être son ami. Il s'agissait d'une sorte de peur égoïste qui l'empêchait de s'ouvrir et d'avoir la moindre relation réelle et sincère avec autrui. Quel paradoxe pour celui qui prétendait mettre l'humain au centre de tout et dispensait ses leçons et ses messages solennels à longueur de temps.

Après la déception et la rage, Winston n'eut plus que de la pitié pour ce pauvre garçon. Il devait subir des tortures intérieures bien douloureuses pour agir ainsi dans la vie. Winston n'avait rien à regretter, mais cette désillusion lui laissait tout de même une profonde amertume. Cette trahison était une cuisante déception, et la manifestation amère d'une facette de la nature humaine. Quant à son incursion dans l'immeuble de la Grande Mémoire, il valait mieux trouver autre chose.

**« *La Règle concentre le bon sens, le respect,*
l'expérience et la connaissance »**

Winston s'apprêtait à aller déjeuner. En traversant les couloirs qui menaient aux espaces de restauration réservés aux agents, il salua quelques connaissances au passage et il prit la direction de l'espace qu'il avait choisi pour y retrouver des collègues. Des panneaux holographiques traversèrent le couloir, informant que « *La Règle existe par et pour tous les citoyens* ».

Lorsque ces panneaux eurent disparu, Winston aperçut un petit attroupement devant l'espace de restauration. Une voix s'élevait plus fort que les autres et il reconnut sans difficulté qu'il s'agissait de celle de Jozuon. Celui-ci était en train d'apostropher copieusement l'agent de service. Jozuon lui reprochait vertement de ne pas avoir considéré sa réservation et d'avoir attribué la table qu'il convoitait. Tandis que plusieurs personnes tentaient de le calmer et de le raisonner, Jozuon fulminait toujours davantage, sautant sur place et invectivant qui voulait le rasséréner. Aussi, lorsqu'il remarqua Winston, il le prit immédiatement à parti.

— Tu… vous ne vous rendez pas compte !? Il n'y a même plus de respect pour les agents de la Règle, cria-t-il en s'adressant à Winston. Nous sommes traités comme des quidams, je n'en reviens pas.

— Ne nous emballons pas, répondit Winston posément. Je pense que nous allons trouver une solution. Primo, dit-il en s'adressant à un grand type debout derrière Jozuon, essayez de nous trouver un endroit pour nous installer. Jozuon, venez avec moi. Puis, se retournant vers les autres :

— Nous vous rejoignons dans deux minutes.

Winston entraina Jozuon à l'écart sans que ce dernier ne manifeste de résistance.

— Qu'est-ce qu'il te prend ? interrogea Winston sur un ton bienveillant. Il savait en effet pertinemment ce qui perturbait Jozuon.

— Je suis désolé, fit Jozuon, je m'en veux, mais depuis ce matin, depuis que tu m'as dit… je suis un peu perdu. Alors avec l'agent de service, j'ai un peu fondu les plombs. Ça m'a énervé et je suis parti à me défouler sur lui, puis sur les autres, je me suis emballé, je m'en veux, c'est complètement idiot…

— OK, OK, très bien, coupa Winston. Je comprends. Mais maintenant il va falloir te calmer et maîtriser tes émotions. Certes ce n'est pas agréable, mais il serait singulièrement dommage que tu entaches ta réputation professionnelle pour un coup de sang. Tu sais à quel point c'est important, tu ne peux pas te laisser aller à de tels comportements, il faut absolument que tu te contrôles. Alors, on va rejoindre nos collègues et passer une pause déjeuner agréable et sans esclandre. Tu es d'accord ?

— Je suis d'accord, bien entendu, répondit Jozuon passablement penaud. Merci de ton intervention et je te promets, je vais me tenir à carreau.

Les deux hommes, un peu complices, reprirent la direction de l'espace de restauration où les attendaient leurs collègues. Lorsqu'ils les rejoignirent, tous avaient pris place autour de la table de restauration. Il s'agissait d'une sorte de bar, autour duquel une dizaine de convives pouvaient prendre place. A l'intérieur de l'espace concentrique fermé par le bar, était disposé un buffet de victuailles. Les deux retardataires s'emparèrent des deux places restantes, chacun avec un air rassurant pour signifier que l'incident appartenait au passé. Ils remarquèrent tout deux que Nalala avait pris place à la table. Winston se trouva presque face à elle tandis que Jozuon était sur le côté.

Au cours du repas, quelques discussions soutenues animèrent les convives. Cron devisant sur la rapidité des services rendus par l'Administration, encouragé par Fofa, lequel prônait un traitement différent pour les affaires ne nécessitant qu'une enquête de zone. Parta raconta à ses voisins comment il avait trouvé le nouvel estaminet à la mode et l'air sursaturé qui y était servi, tandis que Marti élabora avec Migno un nouveau concept de cuisine collective. A plusieurs reprises, malgré les efforts qu'elle devait faire pour camoufler le secret qui la liait à Winston, Nalala eut des regards qui trahissaient l'attente qu'elle avait de lui, à moins que ce ne soit simplement l'admiration qu'elle lui vouait, ou bien encore autre chose.

Jozuon, de son poste de côté fut interpelé par les manifestations de Nalala vis-à-vis de Winston. Il crut y déceler effectivement plus qu'un intérêt platement professionnel ou même de camaraderie. Néanmoins, il mit cela sur le compte de son énervement passé et n'en fit pas de cas. La pause déjeuner se déroula finalement dans une relative décontraction et lorsque l'heure réglementaire approcha, chacun reprit le chemin du poste qui était le sien.

Jozuon rumina toutefois son impression bizarre sur l'attitude de Nalala vis-à-vis de Winston. Quelque chose lui semblait ambigu, mais il n'était pas imaginable que

Winston puisse être fourbe et comploter dans son dos avec Nalala. Ça ne collait absolument pas avec l'image que Jozuon pouvait en avoir. La fourberie et l'image de Winston n'étaient pas plus miscibles que l'eau et l'huile.

« La Règle est la correction de toutes les erreurs des sociétés passées »

Le dernier jour de chaque mois, chaque citoyen était tenu de faire ses déclarations. Pour cela, il fallait se connecter au centre des déclarations et vérifier que toutes les informations qui avaient été collectées étaient correctes. Ainsi, pour Winston par exemple, il devait confirmer le masse de déchets qu'il avait produit dans le mois, valider le nombre de jours travaillés, reconduire sa carte de transports, prolonger la validité de ses abonnements, maintenir sa demande d'accès, à recharger la valeur de son portefeuille de repas pour les espaces de restauration, renouveler ses autorisations de déplacement, proroger le bail de son appartement, reconduire son abonnement aux cinémas multi-sensoriels et ainsi procéder à la vérification d'une trentaine d'informations. Ce qui peut paraître *a priori* laborieux était en fait de la routine. Néanmoins, il valait mieux ne pas omettre cette tâche mensuelle, sans quoi les tracasseries administratives ne manquaient pas de survenir et de compliquer singulièrement certains aspects de la vie quotidienne. Winston avait par exemple oublié un jour de déclarer qu'il avait été sous traitement médical durant le mois écoulé. Il avait effectué sa déclaration tard le soir et ce détail lui avait échappé. L'Administration l'avait alors contraint à faire un tas d'analyses très poussées pour vérifier que cet oubli n'était pas intentionnel et qu'il n'avait pas cherché à cacher une maladie infectieuse interdite ou même une addiction à des produits irréguliers. Il y avait en effet des maladies interdites, ce qui était fort logique puisqu'elles avaient été éradiquées. La seule façon de les contracter était d'avoir un comportement contraire à la Règle. Les personnes qui se trouvaient affectées étaient donc soignées, mais également embastillées puisque le fait de contracter de telles maladies ne pouvait être que le résultat de comportements répréhensibles.

Depuis cet incident, il avait pris l'habitude de procéder à sa déclaration depuis la console de son appartement, le matin avant de partir travailler. C'était la meilleure façon de ne rien oublier et de ne pas être ennuyé. Ce jour n'allait donc pas faire exception. Surtout pas celui-là !

Une fois cette formalité accomplie, il vécut une des journées les plus angoissantes qu'il lui avait été donné de vivre. Il avait décidé de pénétrer dans la Grande Mémoire en fin de journée, c'était le jour. Ce devait être le jour des déclarations.

Le hasard voulut que ce fût également le jour de l'hebdo. De façon inhabituelle, il eut droit à une remarque désobligeante du grand chef de secteur, lequel s'en étonna lui-même. Nalala trahit également une certaine surprise, comme tous ses collègues, mais elle ne fit pas le rapprochement avec ce qui allait se passer. Winston avait bien gardé secret le jour de son intervention pour la tenir à l'écart et faire en sorte qu'elle courre aussi peu de risque que possible. Winston eut effectivement quelques faiblesses au cours de la journée, mais rien au regard de ce qu'il avait en tête. Il se répétait sans cesse la procédure qu'il avait décidé d'appliquer et surtout, il fallait qu'il ne soit pas en retard. Si par malheur il était retenu pour une raison ou pour une autre, il serait obligé de renoncer à son plan. Cela signifiait qu'il ne pourrait plus le mettre à exécution avant la fin du mois à venir, prochain jour de déclaration, ce qui serait beaucoup trop tard pour venir en aide à Nalala. Autant dire que tout ceci ne servirait à rien. Il fallait donc impérativement que ce soit aujourd'hui, ce n'était pas un choix mais une obligation. Il avait décidé de ne plus réfléchir à la question de savoir s'il était dans le vrai ou non. Il avait décidé une fois pour toutes que cette conduite était la bonne, qu'il s'agissait de la seule façon d'être en paix avec sa conscience. La seule chose qui le tracassait un peu et dont il savait qu'elle n'avait aucun rapport avec sa conscience était le fait qu'il trouvait Nalala beaucoup plus que séduisante et qu'il était persuadé qu'elle avait pour lui une attirance réelle. C'est vrai, cet aspect des choses pouvait dégrader quelque peu sa faculté de jugement et l'objectivité de son raisonnement. Mais il avait pris sa décision, il n'était plus question ni temps de douter. Il était donc impératif qu'il se libère à l'heure dite sans quoi il ferait tout capoter. Cette idée ne le quitta pas de la journée et tout le reste fut parfois relégué à l'arrière-plan. Bien entendu, il tâcha de démêler les histoires des concitoyens qui se présentaient dans son bureau, mais un coin de son esprit se baladait ailleurs, déjà concentré sur l'action du soir. Comment avoir la tête résolument au travail avant une épreuve comme celle-là ?

Un quart d'heure avant la fin de son service, il vit se terminer son rendez-vous. Le règlement dictait qu'en deçà de 10 minutes il était autorisé de ne plus prendre de nouveau rendez-vous. Mais Winston n'y était pas encore. Il actionna donc la commande pour faire entrer celui qui serait certainement le dernier citoyen du jour.

Sa surprise fut grande lorsqu'il aperçut Nalala dans l'encablure de la porte. Celle-ci entra et s'assit vivement en face de lui.

— Mais qu'est-ce que tu fais là, l'interrogea-t-il ?

— T'inquiètes, je me suis inscrite et tu n'auras pas de souci avec ton job.

— Très bien, mais lorsque tu vas sortir, les collègues vont te voir !

— Ecoute, je me suis débrouillée pour qu'ils ne me voient pas entrer, je ferai la même chose pour sortir. Mais je ne tiens plus, il fallait que je te parle. Comme ces derniers jours, tu t'en vas comme un voleur à la sortie du bureau, je n'ai trouvé que ça pour t'approcher. J'ai besoin de savoir ce que tu prépares et quand tu as l'intention d'agir.

Winston, qui était déjà nerveux auparavant, devenait agité. Il voulait maîtriser la situation et surtout se maîtriser lui-même. Pour cela, il ne fallait pas que des événements extérieurs viennent le perturber. En d'autres circonstances, il n'aurait pas considéré Nalala comme un élément perturbateur, mais en l'occurrence, sa visite le rendait encore plus nerveux. De plus, le temps qui passait l'obsédait depuis le matin et il ne voulait surtout pas mettre son plan en danger. Il fallait par conséquent qu'il se ressaisisse et qu'il fasse en sorte de la rassurer rapidement afin qu'il puisse quitter le bâtiment.

— Si je ne suis pas disponible après les heures de travail, c'est que je suis en pleine préparation de mon action, dit-il simplement à Nalala. Je ne peux pas te dire quand je le ferai, mais comme je te l'ai dit, ce sera avant la fin de semaine. Maintenant il faut que tu me laisses, je dois absolument y aller.

— Winston ! supplia Nalala, il faut que tu me dises comment et quand ! J'ai bien le droit de savoir après tout ! Je suis un peu concernée.

— Je ne t'en dirai pas plus, répondit Winston, décidé à rester ferme. Ce n'est même pas la peine d'insister.

— Mais si, tu ne te rends pas compte de l'angoisse dans laquelle je suis. Je sais que tu t'apprêtes à prendre des risques pour moi et j'aimerais pouvoir t'aider.

— Mais tu ne le peux pas et c'est mieux ainsi.

Winston lisait effectivement l'angoisse sur le visage de Nalala. Il est vrai qu'elle risquait encore plus gros que lui et elle avait décidé de lui faire confiance. Elle s'en remettait entièrement à lui. Aussi, son visage d'enfant apeuré l'apitoya-t-il et il ne put réprimer le fait de lui en dire tout de même un peu plus.

— Je vais te dire quelque chose d'important, lui dit-il alors qu'il avait recouvré son calme. Demain matin, tout devrait être rentré dans l'ordre. Maintenant, s'il te plait, il faut vraiment que j'y aille, c'est très important.

Nalala essuya ses yeux humides et prit appui sur le bureau qui les séparait pour déposer sur les lèvres de Winston un baiser fébrile, mais d'une tendresse inouïe. Elle quitta le bureau, sans un mot après avoir vérifié que la voie était libre. Winston avait décidément du mal à mettre ses idées à l'endroit aujourd'hui. Il fallait se reprendre et avancer droit vers ce qu'il avait prévu.

Winston quitta donc son bureau et le bâtiment de la Grande Administration. Il traversa la grande esplanade pour rejoindre le tube. Comme un fait exprès, il rencontra Maol, qui, comme l'autre jour, vint le questionner. Il réussit cette fois à le quitter rapidement. Il monta dans une cabine en se disant que si tout fonctionnait comme il l'avait prévu, ce serait terminé dans une heure. Il regardait nerveusement sa montre. De plus en plus souvent, au moins une fois par minute. Il fallait qu'il se calme. Exceptionnellement, il avait programmé sa cabine pour qu'elle le dépose directement en ville. C'est là qu'il avait prévu d'agir. Il descendit dans une rue où il n'avait pas tellement l'habitude d'aller, ce qui lui procurait un statut de parfait anonyme et surtout, il savait qu'il y avait dans cette rue-là de nombreuses consoles publiques en libre-service. C'était jour de déclaration, beaucoup de citoyens les utilisaient à la sortie du travail pour effectuer les fameuses déclarations. Winston devait se prémunir d'une affluence qui le priverait de l'accès à l'une de ces machines.

Il en repéra une dans un endroit relativement discret et alla s'y installer. Il se connecta en premier lieu sur les planètes où il avait ses habitudes. Depuis des semaines, il avait œuvré pour rassembler des groupes afin que ceux-ci contactent eux-mêmes des groupes et que chacun effectue sa déclaration au même moment. L'effet réseau devait amener un nombre considérable de concitoyens à effectuer leur déclaration au même instant. Or, d'après ce que lui avait confirmé son ami Labi, une faille de sécurité incompréhensible avait lieu lors de ce genre d'événement. Personne n'en avait connaissance, mais Winston l'avait ouï dire lorsqu'il était étudiant. La priorité étant donnée aux citoyens et à leur bien-être, les protocoles de sécurité passaient en priorité basse lorsqu'une surcharge avait lieu. Le dimensionnement des installations permettait d'envisager les choses très sereinement, néanmoins, si un effet de foule hors du commun prenait les serveurs d'assaut, il se pouvait que les authentifications se relâchent. C'est ce sur quoi Winston avait tablé. Il avait rassemblé par l'effet réseau plusieurs dizaines, peut-être même centaines de milliers de personnes qui étaient d'accord pour soutenir sa cause, même s'ils n'en connaissaient pas les détails et tenter simultanément leur déclaration à l'heure dite. Si un maximum de citoyens pouvait se connecter au même moment, il était possible que l'engorgement provoqué permette à Winston de se faufiler au travers des sécurités et d'accéder au cœur de la Grande Mémoire.

Après s'être assuré auprès des communautés que le rassemblement avait bien lieu, il tenta de se connecter à la Grande Mémoire avec un identifiant standard. Il s'agissait d'un identifiant utilisé par tous les agents et dont le mot de passe était un secret de polichinelle, mais qui ne donnait un accès que très limité. Le fait que beaucoup de monde le connaisse le rendait quasi anonyme. L'heure fatidique venait de sonner lorsqu'il tenta fébrilement de s'introduire dans la Mémoire. Mais il fut repoussé. Il attendit quelques secondes et réessaya. Sans plus de succès. Il savait qu'il n'avait droit qu'à trois essais. Le prochain pourrait donc être fatal. Son agitation allait crescendo. Tout, autour de lui, paraissait suspect. Les passants, la musique diffusée dans la rue et même les odeurs attisaient sa méfiance. Ce couple apparemment paisible était-il là pour le surveiller ? Il semblait que la musique de rue n'était pas habituelle, était-ce un signal ? Et cette odeur de caoutchouc, d'où pouvait-elle provenir ? Il fallait se concentrer, ne pas se laisser perturber, ne surtout pas se disperser. Alors qu'il commençait à douter, sa troisième tentative fut couronnée de succès. Le sésame s'ouvrit et l'écran plasmique signifia à Winston, par un holographe qu'il était disposé à le laisser accéder aux fonctions publiques de base. A la suite de quelques manipulations, il put contourner facilement les pare-feu qui lui barraient la route d'accès à la Grande Mémoire, puis il se trouva devant l'entrée de celle-ci.

A la manière d'un enfant devant l'énorme porte d'une forteresse qui frapperait avec ses petits doigts afin qu'on lui ouvre, Winston demanda l'accès. L'heure indiquée était celle du rendez-vous exact auquel les abonnés de planètes devaient saturer le système. Cet accès n'était possible que pour les employés les plus proches de la très haute Administration. Il fallait la conjonction d'un nombre incalculable de paramètres pour que ce verrou puisse sauter pour un parfait inconnu. Winston sentait ce doute énorme l'envahir au moment d'actionner la demande. Mais il savait qu'il ne fallait pas trainer et plus il douterait, plus il diminuait ses chances de succès. Il saisit donc le bouton holographique et appuya. Il se surprit à fermer les yeux à cet instant.

Winston n'en revenait pas. Il était dans le système de la Grande Mémoire. Il ne l'avait pénétré que dans des simulations faites lors de ses études. Le tuyau était bon, l'effet de masse lui avait permis de déjouer la sécurité. Il lui fallait maintenant effectuer ce pour quoi il avait fait tout cela et il fallait le faire au plus vite, avant que la sécurité ne reprenne le dessus et ne le jette en dehors du système. Avec sa dextérité légendaire, il accéda aux données qui concernaient Nalala. L'affichage des données n'était pas fluide et Winston avait la sensation qu'il ralentissait de plus en plus. Il s'agissait du revers de l'affluence considérable qu'il avait provoquée. Au moment de valider la modification qui faisait de Nalala une femme libre de toute relation avec son passé, le temps lui parut extrêmement long. L'attente devint terrible et il n'avait toujours pas la confirmation. Ses mains tremblaient et il se rendit compte qu'il était en nage. Il était fiévreux, suspendu à la réaction de cette machine qui ne voulait pas répondre. Cela faisait maintenant de longues secondes, peut-être une minute, autant dire une éternité, qu'il attendait sans bouger le moindre muscle. D'ailleurs, chacun de ses muscles était tendu et durci. Il était comme un bloc de pierre. Jamais il n'avait vu un temps de réponse aussi long. Peut-être la sécurité était-elle en train de se rétablir. Et ce couple qui était toujours là, au coin de la rue, il semblait le regarder de plus en plus. Et cette musique, jamais il ne l'avait entendue. Et cette abominable odeur de caoutchouc qui semblait lui emplir les narines, d'où pouvait-elle bien provenir ?

Non. Finalement, la confirmation s'afficha dans l'écran plasmique. Un très grand frisson lui traversa le corps. Tout avait fonctionné parfaitement. Il avait pris toutes les précautions possibles pour que la manipulation ne soit pas découverte et rien ne pouvait établir le lien entre lui et l'intrusion dans la Grande Mémoire. Finalement, l'action lui semblait avoir été presque facile. Bien entendu, il avait eu le concours de ces milliers de citoyens qu'il avait mobilisés sur les planètes. En réalité, ils avaient été plus de 2,5 millions à répondre à son appel. C'était une grosse part de son succès. L'effet réseau avait joué à plein et grâce à cela, la paralysie du système de sécurité avait été complète. Winston savourait avec fierté l'aboutissement de toutes ces semaines de travail acharné et ressentait un plaisir certain d'avoir réussi ce tour de force. Ils ne devaient pas être légion à s'être ainsi introduits dans l'antre de la Mémoire pour en modifier quelque élément.

Soudain, Winston sentit une présence à ses côtés. A peine l'eut-il réalisé qu'il ressentit une petite douleur dans le dos, ou non, plutôt une irrésistible attirance vers le sol. Il s'effondra mollement.

« Retrouver le respect de la Règle, c'est retrouver sa dignité »

Bleu. Lorsque Winston entrouvrit les yeux, il eut l'impression que tout était bleu. Le sol, les murs et le plafond. Bleu. Rien que du bleu. Il avait l'impression désagréable que cette couleur lui cachait la réalité de tout ce qui l'entourait. Les formes, les distances et bien entendu les couleurs.

Dans sa tête, régnait également une sorte d'uniformité. Plus proche du blanc cette fois. Une sensation pâteuse comme au lendemain de tous les excès. Une mélasse qui rend impossible l'émergence de la moindre idée, de la moindre initiative et qui inhibe toute forme de vie cérébrale. A peine de quoi préserver ce qui tient de l'instinct comme la respiration.

Winston jugea son cas sérieux, mais au fur et à mesure des minutes qui semblaient passer, autant qu'il puisse en juger, le bleu semblait moins uniforme et la substance lactée qu'il abritait entre ses deux oreilles, un peu moins dense. Peu à peu, il commença à distinguer certaines nuances, qui devinrent des formes, puis des objets. L'uniformité du bleu commença à laisser place à du blanc, du gris et même un peu de jaune. Mais tout ce jeu ne cessa vraiment que lorsque Winston s'aperçut qu'il n'était pas seul.

Tout d'abord, il perçut qu'il était en position horizontale. Ensuite, qu'il y avait, sur une plateforme à côté de lui, un homme allongé sur le dos, fixant le plafond.

La couleur orange de la combinaison qu'il portait lui fit remettre tous les éléments dans le bon ordre. Il avait été neutralisé puis jeté dans les geôles de l'Administration. Il pouvait à présent reconstituer le film. La Grande Mémoire, l'intrusion, tout s'était pourtant si bien passé. Et finalement il avait été neutralisé. C'était la sensation qu'il avait ressentie avant qu'il ne s'écroule sur le sol. Ensuite, c'était le trou noir. Tout retrouvait sa logique, y compris cet individu allongé sur la couche à côté de lui. Il s'agissait de son compagnon de cellule, tout simplement. A cet instant, Winston se demanda s'il ne préférait pas le bleu initial et la purée cérébrale infligés par le traitement de neutralisation. L'effet se dissipant, il se trouvait rattrapé par une réalité qui ne l'enchantait guère. D'ailleurs, cette réalité ne tarda pas à se manifester par la voix de son colocataire.

— Ca y est, t'es sorti des vapes ? l'interrogea son voisin.

Sans vraiment attendre de réponse il poursuivit.

— Bienvenue au lupanar de la Grande Administration ! Moi c'est Kass.

— Euh… salut, moi c'est Winston, bredouilla-t-il en guise de réponse. Ça fait longtemps que je suis là ?

— Deux jours et trois nuits exactement depuis l'instant où ils t'ont jeté dans cette pièce.

Deux jours... La dose avait dû être conséquente pour qu'il en soit ainsi. Mais la première réaction de Winston fut de se dire qu'*a priori*, il avait écopé d'un voisin de cellule plutôt civilisé et vraisemblablement vivable, contrairement à tous ces dégénérés violents dont l'endroit devait regorger. Aussi, Winston voulut en savoir un peu plus.

— Et je peux vous demander pourquoi vous êtes là ?

— C'est quand même dingue ça, la première chose qui t'intéresse, c'est de savoir pourquoi on m'a emmené ici ? Alors je vais te dire. Règle numéro un : c'est une question que tu ne dois jamais poser. Règle numéro deux, pour te montrer que les règles, je m'en balance, je vais te répondre. Je suis ici parce que j'ai *extirpé des droits d'accès de façon impropre*. C'est ce qu'ils m'ont dit. En fait, j'ai un peu secoué un vioque pour lui soutirer son mot de passe pour un dépôt alimentaire. Bien entendu, si je te dis que c'était dans un but de survie ou presque, tu n'es pas obligé de me croire...

Winston réprima un pouffement, certainement dû aux effets de la drogue encore dans son sang. Néanmoins, cette réaction ne fut pas pour plaire à son compagnon.

— Quoi, ça te fait marrer ? s'énerva-t-il.

— Non, non, pas du tout, excusez-moi, je crois que je suis encore un peu dans l'euphorie des injections. Mais c'est simplement que dans mon métier, j'aurais pu être à l'origine d'une arrestation comme la vôtre. Je suis.... Enfin avant de venir ici, j'étais agent d'application de la Règle.

L'autre n'en revenait pas. On avait placé dans sa cellule un type qui aurait pu l'y coller lui-même. D'ailleurs, c'était peut-être lui !

— Effectivement, c'est à mourir de rire, dit-il d'un ton glacial. Mais alors toi, pourquoi tu es ici, interrogea Kass. Je ne savais pas que vous vous enfermiez entre vous.

Après mure réflexion, Winston fit :

— Personnellement, je dirais que je suis là parce que je suis fidèle à la Règle, justement. Mais je crois que ce n'est que mon interprétation et elle ne semble pas partagée par tous.

— Je ne comprends pas ce que tu me dis, répondit Kass, mais c'est pas très grave. On va avoir tout le loisir de se raconter nos petites histoires.

A cet instant, un bruit strident retentit. Il semblait provenir de tous les côtés en même temps. Winston plaqua ses mains sur ses oreilles pour atténuer ce sifflement, mais cela n'eut aucun effet. Le son était toujours aussi puissant, comme s'il provenait de l'intérieur de son crâne.

— Allonge-toi sur ta couchette, sur le dos et les bras le long du corps, c'est la seule façon pour que ça s'arrête, lui cria Kass, qui en avait manifestement l'habitude puisqu'il était en train de s'exécuter.

Lorsque les deux hommes furent étendus, l'effet fut immédiat. Le bruit insoutenable stoppa et ils furent happés par l'attraction de leur couche respective, plaqués sur le dos, ne pouvant observer que le haut de la pièce, sans possibilité de se mouvoir.

— Ça c'est le son et lumière permanent, informa Kass. Tu t'y habitueras peut-être. Moi j'ai beaucoup de mal à m'y faire. Ça arrive deux à trois fois par jour, et la nuit c'est encore pire. C'est des flashs de lumière qui te réveillent et ils te passent leurs conneries pendant des plombes. Je crois que c'est le plus invivable de cet endroit.

Winston, plaqué sur sa paillasse sans pouvoir bouger un membre vit alors défiler sur le plafond le chapitre XI de la Règle sur un panneau holographique. Celui qui traite de l'usage des ressources. Il avait toujours été interrogatif sur le fait que ce chapitre ne soit que le onzième. Lui l'aurait volontiers remonté dans la hiérarchie. Les ressources constituaient un chapitre déterminant dans l'équilibre de la société. Celle-ci avait longtemps gaspillé les ressources sans souci du lendemain. Ce n'était qu'au prix de changements radicaux, de modifications très profondes du comportement de chacun qu'il avait été possible de retrouver un équilibre entre l'activité des habitants et les ressources disponibles. C'est à la fois par une prise de conscience individuelle et par des actions plus directives de l'Administration qu'il avait été possible de trouver la voie d'une consommation raisonnable, une sorte d'autosuffisance et de symbiose entre la société et sa planète nourricière. Evidemment, il avait fallu utiliser des énergies dont le cycle de vie ne pénalisait en rien la terre. Tout ce qui puisait dans ses entrailles pour ne jamais être renouvelé avait été proscrit. Il en avait été de même de toute construction avec des matériaux qui ne puissent retrouver une place à l'issue de leur utilisation. Un réseau de communication et de transport avaient été construits pour desservir tous les points des villes satellites. Plus aucun citoyen n'utilisait de moyen individuel de déplacement, les consommations et les rejets étaient réglementés et tout ceci était consigné dans le chapitre XI de la Règle. Il y avait également la régulation de la démographie, préoccupation écologique fondamentale sans laquelle tous les efforts seraient vains. Ce chapitre avait permis à chacun d'avoir la marche à suivre pour participer à cet effort collectif et essentiel. Il était maintenant clair pour tous que le fait de s'écarter de cette direction serait tout-à-fait suicidaire pour la société dans son ensemble. Aussi, les infractions de ce type étaient-elles traquées avec beaucoup de diligence de la part de l'Administration. Pour toutes ces raisons, Winston aurait souhaité que le chapitre des ressources soit porté dans les premiers de la Règle.

Chaque phrase de la Règle qui apparaissait était commentée et analysée par une voix off. Il y avait même de temps à autre une illustration vidéo-holographique. Pour ce qui était du texte, Winston en connaissait une grande partie par cœur, ce qui ne manqua pas d'agacer son collègue lorsque celui-ci s'en aperçut. Il se prit même à renchérir sur certains commentaires pour préciser telle ou telle facette du paragraphe en le soulignant à l'aide d'un cas qu'il avait traité ou bien d'un pourcentage bien senti. Mais ce ne fut pas du goût de son voisin et il dut se contenter de la voix off.

Lorsque la projection cessa, Winston estima que la lecture forcée du chapitre XI avait duré au moins une heure. En réalité c'était plus du double.

Lorsque ce fut terminé, la force qui plaquait les deux hommes dos au sol cessa et ils purent enfin se dégourdir un peu.

— Tu comprends mieux ce que je veux dire maintenant ? interrogea Kass. J'ai déjà eu droit à ce lavage de cerveau des centaines de fois. C'est une véritable torture. S'ils s'imaginent que c'est comme ça que je vais respecter cette foutue Règle !...

— Des centaines de fois ?

— Ben oui, c'est ce que je viens de dire.

Winston avait visité un établissement dit de régulation ou de rétention lorsqu'il était étudiant. Ceci faisait partie du cursus. Il pensait également savoir un certain nombre de choses sur ce qui s'y passait et comment on traitait les citoyens que l'on y enfermait. Mais tout ceci n'était que théorie et il était maintenant confronté à la réalité. Cette réalité dans laquelle il avait plongé tant de concitoyens. Très loin de lui le moindre regret à ce sujet, Winston était toujours ancré dans sa dévotion à la Règle et rien dans les événements des derniers jours n'était de nature à ébranler ses convictions.

En fait, le raisonnement de Winston ne comportait qu'une prémisse : « *La Règle est juste* ». Donc, soit il méritait le traitement qui lui était infligé, soit cela allait être rectifié sous peu. Parce que si la Règle était juste, son application était humaine et pouvait par conséquent souffrir quelques approximations ou erreurs. Mais ces erreurs étaient corrigées dans l'immense majorité des cas. Winston qui connaissait les statistiques par cœur pouvait même dire que tous les cas connus avaient été corrigés. En réalité, 0,03% des personnes placées en rétention avaient pu bénéficier d'une révision de leur cas et il semblait impensable que la part d'erreur de l'Administration soit plus importante.

Durant cette première journée consciente de détention, Winston put apprécier différentes facettes du traitement des détenus. Il y avait la nourriture qui n'en avait que le nom puisqu'il s'agissait d'une injection qui venait compléter la ration individuelle en eau.

Tout était fait pour qu'aucun plaisir de la vie quotidienne ne puisse être accessible aux détenus. Rien qui put avoir un goût, une forme agréable, un son divertissant, rien de tout cela n'arrivait à percer les cloisons de la cellule. Tout était aseptisé, lisse et insipide. Là était l'intérêt de la régulation. Les citoyens en détention étaient privés de tout ce qui pouvait être plaisant et subissaient une instruction de la Règle qui leur signifiait le prix à payer pour une vie donnant accès à tous ces plaisirs. Cette vie était conditionnée par le respect des éléments de la Règle ; Conditionnée par le respect des autres concitoyens et de leur intégrité ;

Conditionnée par un comportement qui ne porte pas atteinte au fonctionnement de la société dans son ensemble. Chacun devait y avoir sa place et chacun devait respecter l'ensemble. La régulation était faite pour remettre les citoyens égarés dans le droit chemin.

Cette vision qui pourrait paraître triviale avait fait ses preuves. Les statistiques étaient formelles et, paradoxe de la situation, Winston était le premier à les vanter. La récidive était marginale. Il avait coutume de dire que 0,15% des détenus rendus à la vie civile étaient pris à nouveau en défaut de respect de la Règle. Il faut ajouter que la décision de remettre un citoyen dans le circuit normal n'était prise qu'après une démarche parfois très longue de suivi de son imprégnation de la Règle et de sa volonté de s'y conformer. Beaucoup disaient que le traitement était tel que n'importe qui finissait par plier et par adopter les préceptes inculqués. Un programme dédié était alors prescrit et suivi par un comité qui jugeait la capacité de l'individu à être remis en liberté sans risque pour la société. Bien entendu, il n'évoluait plus dans le même milieu, la même ville avec les mêmes relations. Une nouvelle vie était construite de façon à ne nuire à personne ni générer trop de tentation. C'est de cette façon que l'Administration obtenait des résultats très positifs. Cela coûtait très cher pour chaque individu, mais le nombre de crimes et délits était en fin de compte extrêmement faible. Ce qui, au final, restait très positif, même financièrement.

Tout cela, Winston le savait pertinemment. Cela faisait partie de son quotidien il maîtrisait tous ces éléments. Pourtant, il se trouvait là, entre ces murs et il sentait bien que la théorie ne lui servirait pas beaucoup dans l'immédiat. Il lui fallait en premier lieu intégrer et accepter cette situation. Elle pouvait durer, il le savait. Passer de sa vie somme toute confortable d'agent de la Règle à celle de détenu par la Grande Administration constituait tout de même un écart assez cruel. Il avait tendance à trouver sa vie plutôt routinière et pourtant, il allait certainement découvrir dans ces geôles, ce que voulait dire routine, train-train, rituel ou habitude. Il savait que tout était extrêmement prévisible et semblable d'un jour à l'autre. Du moins, c'est ce qu'il pensait jusque-là, mais il n'avait vu que l'environnement de sa cellule et une première séance d'initiation à la Règle.

Après quelques minutes d'inactivité, Un nouveau bruit strident retentit. Il ne s'agissait pas du même bruit, bien que tout aussi insupportable. Winston se tourna vers son compagnon de cellule pour comprendre l'attitude à adopter. Kass lui dit de s'allonger sur sa couchette en plaquant son cathéter placé sur son épaule, face à l'orifice situé dans le mur. Winston regarda son épaule, il n'avait même pas remarqué qu'on lui avait posé cette aiguille dans l'épaule.

Il s'exécuta donc et sentit la pression du morceau de métal qui s'introduisait dans son épaule. Il ne s'agissait pas du moment le plus poétique de la journée, mais simplement du repas. L'injection distribuait la dose nutritionnelle suffisante calculée pour la corpulence et l'activité de chaque individu. Une sensation pas tout à fait douloureuse, mais très loin du bonheur d'un véritable repas avec des aliments, leur texture, leur goût, le contentement de les mastiquer et même de les contempler dans une assiette avant de s'y attaquer avec une fourchette. Etait-ce là ce qui allait remplacer les moments habituellement si doux des repas ? Mais alors il n'aurait droit à aucun de ces instants de répit savoureux où l'on déguste un plat, une pâtisserie ou même un café ? Quel pourrait bien être le rythme d'une journée sans cette ponctuation-là ? La vie en rétention allait ressembler à une immense plaine lisse et froide, fade et sans le moindre relief. On ne pouvait même pas dire qu'il s'agissait d'un sommeil puisque lorsque l'on dort, le temps semble court et il est rythmé par des rêves, différents stades de sommeil, différents états de conscience. Mais rien de tout cela ne pouvait apparaître ici. Tout semblait conçu pour ne laisser place à la moindre aspérité, la moindre fantaisie, la moindre part d'inconnu.

De plus, Winston savait que dans le liquide injecté dans son épaule, se trouvait la molécule qui assurait la localisation des détenus. Le dispositif de contrôle positionné dans des bornes, permettait de localiser la présence de cette molécule dans l'espace qui lui était autorisé. En s'éloignant de cette zone, la molécule provoquait une réaction entrainant la paralysie du détenu et le déclenchement d'une alarme. Ainsi, la zone de rétention n'avait nul besoin de murs démesurément hauts ni de fils barbelés et encore mois de miradors. Une simple escouade, prête à intervenir lorsque l'alarme retentissait suffisait largement pour se rendre sur les lieux indiqués par la localisation et ramener le détenu inanimé dans sa zone de rétention dont il ne s'échapperait plus puisque l'on racontait que si cette expérience était sans danger, elle restait extrêmement douloureuse. Lorsque les détenus se déplaçaient, des signaux lumineux leurs indiquaient s'ils étaient dans une zone autorisée ou non. Tant que le signal restait au vert, il n'y avait pas de souci à se faire. En revanche, lorsque celui-ci virait à l'orange, il valait mieux se conformer aux consignes, sans quoi il virait au rouge et après une demi-douzaine de secondes, un choc provoquait cette paralysie que les détenus appelaient « *le coup d'Alcatraz* ». Depuis cette époque, les méthodes de rétentions avaient radicalement changé et on ne s'en remettait plus aux requins pour éviter les évasions. La molécule faite pour le coup d'Alcatraz était infiniment plus efficace. Elle était personnalisée par détenu de façon à différencier le régime de chacun, sa propre zone de rétention, ses permissions et ses interdits. Il n'y avait aucune parade à ce système puisque l'effet avait une rémanence d'environ trois semaines. Or, comme personne n'est capable de survivre à trois semaines sans boire et que la seule source d'alimentation et de boisson en était totalement contrôlée, l'équation était simple. Dès la première injection, l'étreinte se refermait et le détenu devenait prisonnier de cette molécule, géniale pour les uns, maudite pour les autres. La seule façon de s'y soustraire aurait été d'éviter l'injection durant trois semaines afin de devenir transparent au système de surveillance qui activait la molécule. Autant dire que cela dépassait les capacités physiologiques humaines. Ainsi, Winston savait que désormais il faisait partie de cet endroit et que rien ne pourrait lui permettre d'en sortir contre la volonté de ceux qui l'y avaient jeté.

« La Règle protège de l'inconnu et de tout ce qui peut arriver de mauvais »

Winston se souvenait que cette phrase flottait régulièrement dans les couloirs de la Grande Administration. On ne peut pas dire que l'inconnu semblait être une préoccupation dans ce lieu. Tout avait l'air si prévisible et entendu.

Pourtant, Winston sursauta lorsque, perdu dans ses pensées, il entendit la porte de sa cellule s'ouvrir et vit un agent de sécurité entrer dans la pièce. Celui-ci était muni de tout l'attirail lui permettant de neutraliser les plus récalcitrants des détenus. Injection et projectiles défensifs pouvaient venir à bout de toute situation délicate pour le gardien. Une simple pression suffisait à reprendre le contrôle d'une situation qui lui échappait.

Winston n'eut même pas le temps d'être surpris qu'il était déjà emmené par l'agent, mains liées dans le dos. Il fut entrainé, fermement tenu par le bras, à travers les couloirs toujours aussi uniformes jusqu'à une porte qu'ouvrit l'agent avant de le pousser à l'intérieur de la pièce. Celle-ci était petite et très chichement meublée. En effet, une table fixée au sol en était le principal élément. Face à cette table, à bonne distance : un tabouret, lui aussi fixé au sol. De l'autre côté, une chaise et sur cette chaise, un agent habillé en civil était campé sur ses coudes, attendant l'arrivée de Winston. Il lui indiqua que le tabouret lui était destiné, signifiant par là qu'il serait de bon ton qu'il s'y assoie. Winston s'exécuta. La seule excentricité du lieu résidait dans un sommaire appareillage électronique installé devant l'agent. Celui-ci paraissait presque sympathique. Il avait un air solennel, certes, mais il y avait une humanité certaine dans son expression.

— Je suis l'agent Peel. Je travaille pour l'Administration de rétention et je suis ici pour vous expliquer comment fonctionne notre institution. Notre conversation va être enregistrée de façon à ce que vous puissiez vous la repasser autant que nécessaire afin de l'assimiler complètement.

— Bonjour Monsieur, dit simplement Winston.

— Ici, comme vous le verrez, les choses ne sont pas compliquées. Je vais vous expliquer les règles et celles-ci encadreront votre vie dans cet établissement tant que vous y séjournerez. Règle numéro un : nous savons de quoi vous êtes coupable, tout comme vous le savez, bien évidemment. Vous avez tenté de corrompre les données de la Grande Mémoire, ce qui est un acte inqualifiable, surtout si l'on considère votre état passé d'agent d'application de la Règle. Ce que nous voulons ici est simple : connaître vos motivations, savoir votre but, apprendre quels sont vos complices et quel rôle ils ont joué ou devaient jouer. Je n'attends pas de vous que vous me répondiez sur le champ, nous avons tout notre temps. Pour cela il y a la règle numéro deux. Règle numéro deux : chaque jour, vous serez emmené ici, dans cette pièce. Vous y serez seul, vous aurez à votre disposition l'appareil qui se trouve ici, qui vous permettra de réécouter cette conversation, ou bien de nous confier les informations que je viens de citer.

Pour cela vous aurez une heure. Une heure chaque jour, au même horaire, une heure durant laquelle vous allez réfléchir à votre avenir et choisir de révéler ce que nous vous demandons ou de vous entêter dans un mutisme qui, de toute façon, n'aurait pas d'issue. En effet, tant que vous n'aurez pas livré ces informations, vous serez conduit dans cet endroit quotidiennement. Autant vous dire que vous n'avez aucun intérêt à tarder, les jours succédant aux précédents, vous risquez de vous lasser pour finalement arriver au même résultat. Mais vous êtes bien entendu totalement libre de ce choix et vous ne subirez aucune pression qui tendrait à vous influencer et encore moins à vous forcer à passer aux aveux. Nous laissons le temps agir, il est tellement plus implacable que toute forme de sévices ! Vous viendrez simplement ici, vous serez seul dans cette pièce, face à vous-même, sans contrainte ni obligation.

— Excusez-moi, l'interrompit Winston timidement. Mais si je ne suis pas coupable ou si j'ai agi seul…

— Je vous demande d'être sérieux, dit l'agent de façon tranchante. Vous êtes bien placé pour savoir que vous n'êtes pas ici par hasard. Nous savons tout de vous, ce que nous attendons par vos aveux est moins une confirmation de nos informations qu'une démarche d'acceptation de votre forfait. D'ailleurs, sachez-le, ces « *révélations* » ne sont qu'une partie des conditions qui peuvent vous permettre de ressortir d'ici, comme l'énonce la règle numéro trois. Règle numéro trois : Vous ne pourrez recouvrer la liberté que lorsque vous aurez été jugé apte à le faire. Cette aptitude est appréciée par un jury d'experts qui a défini pour vous un programme spécifique de réadaptation. Ce programme est appelé votre contrat. Lorsque ces experts jugeront que votre réadaptation est suffisante, alors vous pourrez être réintroduit dans la société qui, je vous le rappelle, est régie par la Règle, puisque vous aurez été jugé capable de vivre à nouveau dans le respect de celle-ci. Bien entendu, un cadre de vie différent aura été préalablement construit de façon à éviter toute interaction avec votre vie passée. Votre contrat consiste en premier lieu en un respect très strict des règles de cet établissement. Elles vous seront expliquées au fur et à mesure. Cela dit, vous ne devriez pas être pris à revers par ces règles puisqu'elles sont, comme vous le savez, basées sur le bon sens et ce qui doit régir une vie en communauté. Les… spécificités de ce lieu font bien entendu que ses occupants ne peuvent jouir d'un quelconque plaisir. Ceci est réservé à la vie en société, laquelle est régie et sécurisée par la Règle. Vous avez fait le choix de vous en écarter, c'est une façon, finalement bien modeste, de l'assumer. Ensuite, vous subirez, hormis les enseignements collectifs de la Règle, des séances de « *jeux de respect de la Règle* ». Il s'agit d'une sorte de jeux de rôles dont vous serez acteur, volontaire ou non. Ils sont destinés, comme vous pourrez vous en rendre compte, à mettre en évidence la réaction de chacun dans des situations socialement choisies par nos experts. Ces situations sont de nature thérapeutique pour certaines ou de nature à évaluer les réactions de l'individu pour d'autres. Ces évaluations font partie des éléments qui permettent à nos experts de se prononcer sur la capacité à reprendre une place dans la société réelle. Je suis bien certain que vous saurez apprécier la qualité de ces mises en situation. Sachez donc que vos juges se baseront largement sur vos réactions lors de ces séances pour formuler votre remise en liberté ou la prolongation de votre séjour en rétention. Néanmoins il est de mon devoir de vous avertir que rien ne sert de nous y faire un numéro d'acteur. La perspicacité et l'expérience des observateurs sont bien suffisantes pour déjouer ce type de comportement que je qualifierais quant à moi de puéril. Ce genre de conduite ne fait en général qu'irriter les experts et retarder les échéances de sortie. Vous concevez facilement que le nombre de personnes ayant expérimenté ce système est très important et que, par conséquent, il a été amélioré et optimisé jusqu'à la perfection qu'il a atteint aujourd'hui. Je tenais à vous avertir sur ce point de façon à ce que vous ne perdiez pas de temps inutilement et que vous vous concentriez sur les progrès que vous avez à faire sur le respect de le Règle. Là est le seul but que vous devez avoir. C'est pour cette raison que vous êtes dans cet établissement, c'est la seule chose qui doit vous préoccuper si vous souhaitez pouvoir en ressortir. Toute autre préoccupation ne peut être que nocive et contribuer à vous éloigner du chemin qui est le vôtre. Je vous assure, vous avez pleinement intérêt à vous consacrer à votre contrat et à atteindre les objectifs qui vous seront fixés. Ceci est votre unique salut. Il y a également un point un peu particulier pour votre cas. Nous savons que vous avez utilisé les planètes virtuelles pour accomplir votre forfait. Nous attendons de vous que vous nous donniez tous les détails utiles à ce propos, qu'il s'agisse des endroits, des contacts, des communautés, tout ce qui a pu vous servir pour l'exécution de votre plan.

— Mais, s'insurgea Winston qui avait pour la première fois une réaction autre qu'un battement de cils ou un hochement de tête. Les réseaux et les planètes constituent un endroit de liberté, ils ne sont pas surveillés, pas écoutés, pas analysés ! Il s'agit bien de l'espace que l'Administration laisse aux citoyens comme un exutoire, il n'est pas possible de demander de violer cet espace.

— Calmez-vous, je vous en prie. Ce que vous me dites là est effectivement la version officielle, celle que l'on sert à tous les concitoyens, y-compris les agents d'application de la Règle... Mais toutes les civilisations l'ont expérimenté, il n'est pas possible de laisser un espace de totale liberté sans que certains ne s'en emparent pour servir des desseins obscurs et contraires à l'intérêt de la société. Alors oui, bien évidemment, les planètes et les réseaux sont surveillés. Nous ne pouvons pas le faire aussi pleinement qu'il serait souhaitable parce que nous voulons conserver cette illusion de liberté, mais nous exerçons une surveillance globale des événements virtuels. A vrai dire, je m'attendais à cette réaction de votre part et je la comprends. Mais si vous saviez combien de complots de groupes de dissidents cela nous a permis de déjouer, vous le reconnaîtriez-vous aussi.

A présent que je vous ai tracé les grandes lignes de votre séjour en rétention, que je vous souhaite le plus court possible, posez-moi les questions que vous voulez, je suis là pour y répondre. Vous n'aurez pas souvent cette occasion et vous n'en serez jamais à l'origine. Il s'agit d'une opportunité à ne pas rater.

Winston tenta de rassembler ses idées. Il faut dire qu'au fur et à mesure qu'il emmagasinait des informations sur sa rétention, l'espace entre ses deux oreilles lui semblait de plus en plus étroit, de plus en plus agité, comme une sorte de bouilloire avec une entropie croissante, une soupe épaisse qui commençait à bouillir. Winston était sujet à la panique. Il se voyait dans cet établissement pour une durée indéterminée et donc potentiellement très longue, soumis à toutes les frustrations possibles. Il était très bien placé pour savoir que certains individus étaient restés de très nombreuses années dans un établissement de rétention. Il s'agissait vraisemblablement de durs à cuire, d'esprits rotors et impossible à canaliser. Néanmoins, rien ne pouvait présager du temps que lui, Winston, allait croupir dans cet endroit. Pour la première fois depuis son interpellation, Winston se sentait anéanti. Il n'avait en quelque sorte pas eu le temps de réagir jusque-là. Il commençait tout juste à réaliser la situation dans laquelle il s'était mis. Il ressentait cette dégringolade qui l'avait entrainé de son bureau d'agent d'application de la Règle à cette pièce où ce qu'il convenait finalement d'appeler un collègue lui expliquait à quelle sauce il allait être mangé, rongé, interrogé, régulé, corrigé, observé, maté. Véritablement, il se sentait accablé, il avait l'impression de se retrouver dans une boîte hermétique et il n'avait aucune idée de quand il pourrait en sortir. Il n'allait pas tarder à manquer d'air. Oui, il allait suffoquer, étouffer et après avoir frappé sur toutes les parois de la boîte, cassé ses ongles, fracturé ses orteils avec des coups de pieds frénétiques et désespérés, il allait s'effondrer et succomber, avachi au fond de cette satanée boîte, blanche et lisse. On le retrouverait certainement plusieurs jours plus tard, en voie de décomposition… Mais sans air, son corps allait-il se décomposer ? Les aliments sous vide ne se dégradent pas, ou beaucoup moins vite, il en serait peut-être de même pour lui. Peut-être le retrouverait-on intact après des semaines passées dans cette foutue boîte ? Tout propre et sans odeur fétide, comme s'il était en train de dormir, sans aucune trace de …

— Vous n'avez pas de question? dit l'agent de rétention d'une voix forte pour tirer Winston de son cauchemar.

La boîte hermétique et lisse disparut temporairement de l'esprit de Winston qui se demanda en un instant quelle question il pourrait bien poser. Il était tellement désorienté que rien ne lui paraissait bien normal. Pour autant, il était incapable de formuler quelque demande que ce soit. Il posa néanmoins la question suivante, presque à son insu.

— Pourriez-vous me dire, s'il vous plait, pourquoi vous pensez que j'ai des complices ?

— Je crois que nous nous sommes mal compris, répondit calmement l'agent de rétention. Nous ne sommes pas là pour discuter ce que nous savons ou ce que nous ne savons pas. Vous pouvez, et je dirais même que vous devez, considérer que nous savons toute la vérité dans ses moindres détails. Ce qui importe désormais est que vous le verbalisiez et que vous acceptiez la chance que nous vous offrons pour cheminer vers une réinsertion sociale acceptable. Alors autant vous prévenir tout de suite, il est totalement inutile de vous préoccuper de ce qui peut vous paraître objectif, raisonnable, réfléchi ou même avéré. La seule raison que vous devez connaître s'appelle « *la Règle* ». Le seul moyen de vous aider est d'intégrer cela dans votre esprit. Vous devez penser, bouger, parler, respirer uniquement en fonction de la Règle. C'est le meilleur conseil que je puisse vous donner. Tout votre être doit se concentrer là-dessus. Je peux vous assurer qu'il s'agit de la seule issue. Et quand je parle d'issue, c'est à dessein.

L'agent esquissa un sourire pour souligner son trait d'esprit. Winston quant à lui ne gouta pas du tout son humour, abasourdi qu'il était par tout ce qu'il venait d'entendre. Il ne servait à rien de prolonger cet entretien, il savait désormais ce qu'il avait à savoir, tout du moins les grandes lignes. De toute manière, il était incapable d'en entendre d'avantage. Il avait atteint sa limite.

Il fallut le soutenir pour retourner à sa cellule. L'effet de l'entretien avait été implacable. Winston était effondré, anéantis, il rampait, glissait plus qu'il ne marchait. L'agent de sécurité le laissa choir sur sa couche tel un mollusque qu'il était devenu. Cela n'aurait pas été pire s'il avait subi un interrogatoire musclé, nourri de coups et de baffes, agrémenté de poings et de mornifles, de bourre-pif, d'uppercuts et de crochets. Il était détruit, ruiné, dévertébré.

Il lui fallut du temps pour récupérer et réussir à reprendre le cours de ses idées sans qu'elles lui semblent trop distordues. Les vraies questions commencèrent à affluer. Combien de temps vais-je rester ici ? Faut-il que je raconte la vérité lors de la séance de demain ? Que se passerait-il si je parlais de Nalala ? Savent-ils que je suis ici ? Ai-je une chance de retrouver une vie normale ? Comment dois-je faire pour m'en sortir ? Est-il normal que je sois ici alors que je suis un défenseur reconnu de la Règle ?

Le tourbillon de ces questionnements se reflétait sur le plafond brillant et éclatant de blancheur. La confusion qui l'agitait à l'intérieur ne faisait que rebondir sur les murs glacés de laque.

— Alors cet entretien ? l'interrogea Kass.

Winston l'avait oublié. Il avait l'impression d'être seul au monde, pris entre ses pensées et la froideur du lieu. En tenaille entre son bouillonnement intérieur et le ressaut de ses pensées sur les parois lisses de la cellule. Ce jeu qui reflétait la perturbation qui avait pris le contrôle de son esprit lui avait fait oublier son voisin, toujours allongé sur sa couche, les yeux dans le vague. Il semblait qu'il n'avait pas bougé un cil depuis qu'il avait pris conscience qu'il n'était pas seul.

— Je ne m'attendais pas à ça, répondit Winston sans réfléchir. J'ai l'impression d'être pris dans un piège. C'est comme si j'étais dans un mauvais rêve, comme si tout se liguait contre moi, comme si je ne pouvais plus faire un geste sans que je sois sanctionné, pris en faute. Toute l'institution que j'ai défendue durant toute ma vie se retourne contre moi et elle met en action sa puissance implacable pour me mettre dans un moule dans lequel je ne suis pas sûr de pouvoir loger. C'est un sentiment extrêmement frustrant, comme si j'étais pris à revers par une force que j'avais moi-même développée. J'avoue que je ne comprends rien à ce qui se passe ici, que je ne perçois pas quelle est ma place, quel est mon avenir et comment je dois agir pour me sortir de ce mauvais pas sans y perdre mon âme et mon libre arbitre. Tout cela me perturbe profondément.

— Tu sais, lui répondit Kass, si tu les écoutes, la seule chose à faire est de tout leur raconter dans ta séance quotidienne. Tout leur dire et même peut-être un peu plus… Moi je ne les crois pas. C'est tous que des faux culs, si on leur dit ce qu'ils ont envie d'entendre, je suis sûr qu'ils nous remettrons dans une autre cellule, beaucoup moins confortable et qu'on ira croupir jusqu'à la fin de notre vie dans un endroit pas sympa du tout, là où on pourrait nous oublier et nous laisser crever comme des merdes. Moi je ne les crois pas, je suis sûr qu'ils veulent juste nous amadouer et nous tirer les vers du nez.

Winston n'avait même pas imaginé qu'il puisse encore y avoir pire, mais effectivement, Kass avait certainement raison, tout était possible.

— J'avoue que là où j'en suis, je ne sais pas. Je ne sais plus. Je suis bien certain que si on avait eu cette conversation il y a encore une semaine, je les aurais défendus avec véhémence, mais là, j'ai pris des coups sur la tête et je ne sais plus très bien où j'habite.

— Mais t'habites ici mon gars ! Ici, entre ces murs et tu n'en sortiras que pour les distractions programmées, ta séance quotidienne plus quelques exceptions. Bienvenue chez toi, t'es dans ton avenir comme t'aurais la tête plongée dans une marre de vase. T'y vois rien, c'est normal, ils ont créé le brouillard et ils t'empêchent de voir. Ils essaient de te formater et de te faire rentrer dans une case. Mais moi je n'en suis pas, je n'ai pas l'intention de céder. Je veux rester comme je suis et je ne marcherai pas dans leurs combines, de toute façon, ça ne servirait à rien, alors… Donc je tiens le cap, je ne dis rien et je les empapaoute.

— Mais tu n'as pas peur de rester ici pour le reste de tes jours ? intervint Winston.

— C'est peut-être bien ce qu'ils ont déjà décidé pour moi, alors je ne veux pas leur donner raison. Pas question. Ils ne m'auront pas.

— Mais si tu te trompes, interrogea Winston, manifestement animé par des questions intérieures qui lui dévastaient l'esprit. Si en fait, lorsque ton forfait avoué, tu pouvais reprendre ta vie passée, tu pouvais revoir tes amis, reprendre ton activité, réinvestir ton appartement, et que tout ça s'efface de ta vie ? Ca vaudrait la peine non ?

— Comment tu peux croire un truc pareil, répondit sèchement Kass. Tu peux croire une seconde à leurs histoires ? Faire confiance à leurs faces de truffes ? ca respire le faux derche à tous les étages. Ils se cachent derrière leur foutue Règle pour te faire avaler n'importe quelle connerie sous prétexte que ça a été écrit. T'as pourtant l'air d'un jeune sensé, j'aurais cru que tu pouvais te servir de ta petite tête pour comprendre de quel bois ils sont faits. Mais profite du temps que tu as pour y penser, c'est l'évidence même, mais si tu as besoin de ça pour capter, alors ça pourra au moins servir à quelque chose !

Le plafond brillant absorbait totalement le regard de Winston. Les divagations de son esprit étaient aspirées vers cette substance qui reflétait une image déformée de la réalité. Il n'avait plus aucun repère, il évoluait dans ce nouveau monde, à la merci de tout ce qui l'entourait. Sans défense, sans immunité face à toutes ces agressions vis-à-vis de ses convictions, de sa liberté, de sa vie en général. Il venait à peine d'arriver et pourtant il doutait qu'il puisse résister bien longtemps à ces conditions. Kass avait-il raison, ou fallait-il être docile et obéissant ? Fallait-il résister ou bien se plier au risque de perdre son âme ? Toutes ces questions fondamentales s'entrechoquaient dans son esprit et il se trouvait prisonnier de ces cogitations avec le sentiment de devenir fou. C'était peut-être ça la folie. Cette impression de ne plus rien contrôler, que tout va à la dérive, qu'on ne maîtrise plus ses choix, que ce sont les éléments extérieurs qui ont pris le pouvoir sur vous et qu'il est vain de résister. Cette vie qui échappait sans vraiment avoir compris ce qui l'avait mené là, menaçait de devenir très rapidement insupportable.

Jour après jour, Winston fut accompagné dans cette salle dans laquelle, durant une heure exactement, il pouvait se repasser son premier entretien avec l'agent de rétention. Quel bonheur ! Et bien entendu parler de son forfait, de ses complices, de ses motivations et certainement en rajouter un peu pour faire plaisir à ses geôliers comme le suggérait Kass. Mais c'était au-dessus de ses forces. Il avait beau penser à tout ce qu'il avait quitté, à tout ce dont il était privé, toutes ces petites choses de la vie quotidienne dont on ne perçoit l'importance que lorsque l'on en est sevré, il ne parvenait pas à se résoudre à tout lâcher pour se sortir de là. Et d'ailleurs pour dire quoi ? Parler de Nalala ? Il ressentait cela comme un viol. Alors autant en rester là pour l'instant. Ne rien lâcher, ne rien donner, serrer les dents et passer cette heure interminable à s'occuper l'esprit de toute pensée futile pourvu que cela aide à passer le temps. Malgré l'ironie de la situation, Winston se repassait les chapitres de la Règle comme pour les réviser avant un examen. Il se remémorait les cas qu'il avait résolus grâce à cela et les enseignements qu'il en avait retiré. Il revisitait également les séquences nocturnes qui lui étaient imposées quotidiennement au titre de ce que son voisin de cellule appelait « *le lavage de cerveau* ». Winston y trouvait souvent à redire. Non pas sur le fait d'imposer cela aux détenus puisque c'était l'essence même de leur rétention, mais plutôt sur la forme, la façon de présenter les articles, leurs interprétations et surtout leurs applications. S'il avait eu à les décrire pour les inculquer à des gens *a priori* réfractaires, il ne s'y serait pas pris de cette manière. Il lui semblait qu'il aurait été plus didactique avec des cas et des exemples concrets grâce auxquels il aurait montré l'intérêt de la Règle pour supporter le citoyen plutôt que de brandir perpétuellement le bâton répressif et la sanction de la rétention. Les quelques semaines depuis lesquelles Winston était dans ces murs, il avait l'impression d'en avoir fait le tour. Tout lui semblait prévisible et cadencé. Il se trouvait dans un tunnel droit, glacé et sans surprise, mais dont on ne voit surtout pas la lumière de sortie.

A l'heure de la promenade, seul contact avec l'extérieur, Winston décida d'aller dans le coin dédié à l'activité physique délassante. Les ateliers qui y étaient proposés se trouvaient à mi-chemin entre le yoga et le stretching. L'objectif était de procurer aux détenus la dépense physique et la relaxation dans le même temps. Winston s'y serait adonné avec un véritable plaisir s'il n'y avait pas, pour gâcher cette sensation, un fond sonore impossible à supporter plus de vingt minutes. Ceci faisait partie du dispositif ayant pour objectif de priver les locataires du lieu de tout réel agrément. Aucun bonheur immédiat, rien que du supportable. Une activité physique à même de défouler et de libérer quelque peu son esprit, mais gâchée ou limitée par un horrible son qui n'est pas humainement supportable plus de quelques minutes. Néanmoins, cette activité permettait à Winston de conserver un minimum de respect pour son corps et de rester au moins physiquement vivant. Un soixante douzième de sa journée était donc consacré à cet exercice.

Lorsqu'il empoigna l'appareil d'activité physique délassante, un détenu lui tapa sur l'épaule pour l'interpeler. Winston se retourna et fut en prise directe avec la poitrine d'une sorte de montagne humaine qui se tenait face à lui, à juste quelques centimètres de son nez. Il risqua le torticolis pour hisser son regard jusqu'à celui du visiteur et se trouva en lien avec un visage que l'on pourrait qualifier au premier abord… d'hostile. Des sourcils touffus qui formaient une pointe vers le bas, repoussés par un front volontaire et déformé par une colère visiblement latente. Un œil globuleux semblable à une boule de billard qui aurait déjà beaucoup servi avec des marques d'impacts et différentes couleurs imprimées. Des pommettes anguleuses et des oreilles qui auraient pu faire de l'ombre à la moitié de la ville. S'il avait été un éléphant, il aurait été africain, ça ne fait aucun doute. Quant à son nez, c'est celui du requin marteau que s'en approchait le plus. Une masse à l'intérieur de laquelle il avait certainement fourré un os. Cette force de la nature arborait l'air du gars à qui on vient de marcher sur les godasses et de s'essuyer le sandwich thon mayo sur la chemise.

Winston se dit en premier lieu qu'il n'avait jamais vu ce type. Mais il se demanda rapidement ce que pouvait bien lui vouloir ce colosse à l'air méchant.

— T'aurais pas oublié qu'ec'chose, entonna le grand et gros type avec une voix étonnamment aigue.

Winston qui ne comprenait pas ce que lui voulait le monstre ne répondit pas. L'autre repris.

— J'avais réservé c't'appareil et j'aimerais pas qu'il soit souillé par un freluquet avant que j'y pose mon corps d'athlète.

Winston réprima un pouffement et se décida à entrer dans la conversation.

— Mais ça ne se réserve pas, c'est à l'usage du premier arrivé, et je crois que j'étais là avant vous. Vous n'êtes pas d'accord avec ça ?
— Ben non, j'suis pas d'accord. Je te dis que je l'ai réservé. Alors épargne mes nerfs et dégage de là. Si je te le dis une deuxième fois, ça sera avec les mains. Du vent !

Winston restait interdit, la bouche ouverte à regarder bêtement son interlocuteur hargneux. Il jeta un œil à l'entour pour voir si un agent de sécurité passait opportunément par-là, mais bien entendu, personne ne semblait disponible lorsqu'on en avait besoin. Personne ne portait attention à l'embrouille naissante autour de l'appareil d'activité physique délassante.

Winston décida, malgré la disproportion physique et l'agressivité du détenu qui le menaçait, de s'imposer dans son droit.

— Ecoutez, lui dit il. Vous savez que ce n'est supportable qu'environ vingt minutes. Ce n'est pas très long, attendez jusque-là et l'engin sera à vous…

A peine avait-il prononcé ces paroles qu'il se sentit perdre le contact avec le sol, voler un court instant avant de mordre la poussière de la cour. Le choc fut assez violent, mais personne ne fit mine de le voir s'écraser ainsi. Tandis que le géant qui venait de le balancer par-dessus son épaule tel un vulgaire baluchon, s'installait sur la machine, pas un des détenus ni des agents ne sourcilla ni ne lui vint en aide. Les choses semblaient être des plus normales et rien ne devait être bousculé. Même si Winston pensa un instant à se rebiffer en allant défier la masse de graisse importune, il se ravisa et alla soigner ses écorchures. Il n'aurait pu qu'aggraver son cas.

De retour dans sa cellule il interrogea son voisin pour en savoir plus sur le personnage qui paraissait avoir autant de savoir-vivre qu'un ver de terre croisé avec un poireau. Kass lui apprit qu'il s'agissait d'une sorte de spécimen, un phénomène consommé de brutalité et surtout un exemple d'incapacité à être socialisé. Il était certainement un sujet d'étude pour tous ceux qui élaborent les programmes de réinsertion. Il devait être plus aisé de faire parler une huitre que de lui inculquer le minimum de valeurs de vie sociale. Autant dire que la Règle ne pourrait vraisemblablement jamais percer le mystère de cet individu et que personne ne savait bien ce qu'il allait devenir, tant il était hermétique à toutes les pratiques de l'établissement de rétention. De ce fait, chacun le laissait vivre sa vie. Les agents de sécurité eux-mêmes faisaient mine de les ignorer lui et ses agissements, tant que cela ne dépassait pas les bornes du supportable. Ils intervenaient lorsqu'il commençait à mettre en pièces un codétenu ou saccageait les installations, mais pas plus. Il jouissait d'un statut particulier qui faisait de lui une curiosité et un électron libre. Il n'avait pas vraiment d'amis, juste des détenus qui essayaient de s'attirer ses faveurs ou de ne pas provoquer ses foudres.

— Mais il n'a jamais tué personne ? interrogea Winston

— Non, les agents de sécurité sont toujours intervenus à temps… enfin pour l'instant répondit Kass en riant. Mais t'en fais pas, il ne s'en prend presque jamais deux fois au même.

— Ah bon ? C'est la seule logique qu'on lui connaisse ?

— Ça je sais pas, je ne comprends pas tout ce que

tu racontes. Mais dis-moi plutôt, ça se passe comment tes séances dans la pièce solitaire des aveux ? T'as commencé à balancer tes complices, à raconter ton histoire ?

— Non, je n'ai rien à dire sur le sujet, répondit Winston très catégorique.

— Je croyais que t'étais super réglo… Tu vois, tu continues à faire des cachoteries !

Winston n'était pas très à l'aise. Il y avait une part de vérité dans ce que lui disait son acolyte. Après tout, il était dans cet endroit depuis plusieurs semaines et il n'avait rien cédé sur ce qui s'était passé auparavant. Il ne pouvait toujours pas dire qu'il était réellement en paix avec ses convictions. Il pouvait même lui arriver de douter et de se dire qu'il devrait tout livrer, dire la vérité, dire qui, dire quoi, dire comment et ainsi se soulager. Il n'avait rien lâché jusque-là, mais il lui arrivait désormais de penser qu'il pourrait en être capable. Il ne se sentait plus totalement à l'abri d'un moment de faiblesse.

« Quelle que soit la question, la Règle est la réponse »

Quelques semaines plus tard, en descendant de l'appareil d'activité physique délassante durant la période de promenade, Winston rejoignit un groupe de détenus. Il y avait là quelques énergumènes que Kass avait présentés à Winston. Ils n'étaient pas tous recommandables, mais Winston se sentait vivant en partageant quelques instants avec cette équipe. Le grand Boulal avec ses yeux noirs très rapprochés par exemple. Il était en représentation permanente. Il avait un passé d'artiste et dès qu'il se trouvait en société, il devenait inévitablement le centre d'intérêt à faire un tour de magie, un jonglage ou à raconter une histoire extraordinaire. Un cercle se formait autour de lui et un groupe de détenus savourait cet intermède presque volé. On disait qu'il était là pour une histoire de rapine. Mais il était impossible de connaître la vérité avec certitude. L'Administration ne communiquait qu'avec l'intéressé et tout ce qui pouvait filtrer provenait du détenu lui-même. Nul ne pouvait donc savoir s'il fabulait ou non. Ainsi, Boulal disait lui-même qu'il était là pour une petite histoire de larcin. Mais ce dont personne ne doutait, c'est qu'il était le prince de l'heure de promenade, celui qui arrivait à casser la rigidité de la journée et la froideur de la condition de rétention. Il avait toujours un tour ou une histoire capable de surprendre et au travers de laquelle on pouvait, sinon oublier, au moins s'évader, au sens figuré. C'était à peu près la seule fenêtre ouverte sur un semblant de distraction, il faisait donc recette chaque jour auprès de ses codétenus et parmi eux, Winston, qui aimait s'associer à ce moment. Il était dans le groupe concentré autour de Boulal en pleine facétie lorsqu'il sentit une main très lourde sur son épaule. Il tourna la tête pour se retrouver nez à torse avec la légende de la cour de promenade, le colosse des instants de pseudo-liberté, l'empêcheur de tourner rond, la masse musculaire et graisseuse qui obligeait le respect, l'esprit simple qui terrorisait, la montagne de stupidité qui s'imposait par sa seule présence.

Winston, pris immédiatement d'une peur assez compréhensible tant le personnage était imprévisible, se glaça immédiatement en se retournant vers lui. L'Everest de balourdise fixait son regard presque vide sur Winston et lui dit simplement :

— T'es encore sur mon chemin, moustique !?

Winston ne répondit rien. Y avait-il quelque chose à répondre ? Il choisit cette fois de l'ignorer et se retourna vers Boulal et ses pitreries. Mais bien entendu, l'autre ne voyait pas les choses de cette oreille… Il continua à le provoquer mais Winston avait décidé de rester de marbre. Il était crispé, mais restait tourné vers Boulal qui continuait imperturbablement à amuser la galerie. Son indifférence allait peut-être décourager l'individu perturbateur. Mais celui-ci ne l'entendait décidément pas de cet œil-là. Il empoigna Winston fermement par l'épaule, le fit pivoter pour le retrouver face à lui et lui jeta à la figure :

— Une certaine Nalala te fait dire que t'es un nase !

Là-dessus, il s'éclipse.

Winston resta médusé, n'en croyant pas ses oreilles. Il était abasourdi par ce qu'il venait d'entendre. Comment cet abruti dont la seule subtilité devait résider dans la couleur de ses chaussettes, pouvait-il être au courant de sa relation avec Nalala, alors que Winston s'évertuait depuis des semaines à dissimuler son existence ? Cette invraisemblance le sidérait. Il hésita même à courir derrière le benêt pour l'assaillir de questions et tenter d'avoir des réponses à ses questions, mais il se dit qu'il n'y avait pas grand-chose à tirer du bonhomme et qu'il s'agissait sans doute d'un risque inconsidéré.

Néanmoins, le mystère restait très épais. Comment imaginer que Nalala puisse faire transiter un message par un ahuri ? Et quel message ? Un nase ? Cela n'avait aucun sens. Tout à coup, tous les sentiments qu'il avait refoulés au prix de très gros efforts depuis son arrivée, refirent surface. Winston se sentit extrêmement seul, isolé de tout ce qui le rattachait à sa vraie vie, celle d'avant, celle qui avait eu lieu en dehors de ces murs, celle au travers de laquelle il existait, celle durant laquelle les jours ressemblaient à autre chose qu'une lente répétition quotidienne, un éternel recommencement capable de n'engendrer que lassitude et ennui. La seule chose qui le séparait vraiment de sa vie était finalement ce mensonge par omission, cet aveu qu'il se refusait à faire qui le rendait malhonnête et l'empêchait de prétendre à une paix intérieure. Le seul fait de tout lâcher lors de la séance quotidienne le mettrait certainement sur la route de la sortie. Une sorte de rédemption qui le remettrait sans aucun doute sur la voie du retour à la lumière. Sortir de ce trou à rats commençait à devenir obsessionnel. Plus les jours passaient, plus Winston s'interrogeait sur sa capacité à résister et finalement sur la nécessité de résister. Qu'avait-il à espérer à l'épreuve du temps ? Son combat avait-il un sens ? D'ailleurs contre qui ou contre quoi se battait-il ?

La réapparition du fantôme de Nalala fit exploser toutes ces interrogations latentes. Cet abruti venait en trois mots de ruiner des mois d'effort pour se persuader que telle était la bonne conduite à tenir, qu'elle correspondait à l'éthique à laquelle il croyait et à laquelle il fallait se cramponner pour subsister sain d'esprit dans ce purgatoire de la société.

— Elle a bien raison, t'es qu'une pauv' lavette, harangua le costaud revenu souffler dans l'oreille de Winston.

Sorti en sursaut de sa profonde torpeur, Winston eut un réflexe que jamais il n'avait eu et qu'il n'aurait jamais pensé avoir. Il se retourna et envoya son poing serré dans la face de celui qui venait de réveiller en lui toute sa détresse. Il y mit tout le cœur du héros qui défend l'humanité dans un film d'action, tout le punch et l'esprit vengeur que les bons réalisateurs font naître dans la tête du spectateur lorsqu'il s'agit de remettre les choses dans le bon sens, de rosser celui qui a fait preuve de tant de cruauté, d'inhumanité. Cette rage qui monte et qui donne envie de le démonter pièce après pièce, de l'écorcher, de le trucider, de lui faire comprendre qu'il ne peut pas remporter la partie.

C'est armé de toute cette conviction que Winston décocha un coup de poing comme s'il devait passer au travers du crâne, même creux, de la brute épaisse qui venait de faire ressurgir en lui tous ses démons. Une force dont il ne se serait pas cru capable avant cela. Ses phalanges s'écrasèrent sur le bas du nez du malotru avec une puissance insoupçonnée jusqu'alors. Winston eut l'impression que la moitié de sa main pénétrait à l'intérieur de cette boite crânienne qui devait abriter un grand vide, mais avec laquelle le choc fut étonnamment intense. Un craquement sourd se fit entendre et Winston le ressentit jusque dans son épaule. L'empreinte de sa main allait être gravée dans le relief osseux de la mâchoire du lourdaud. Un grand silence suivit l'impact, faisant croire que tous les détenus retenaient leur souffle en attendant l'issue de la scène. Ce silence sembla durer une éternité. Le corps de l'intellectuel du biceps oscilla et tomba mollement sur le bitume de la cour, accompagné d'un son de choc mou puis par un nuage de poussière qui se souleva pour ajouter au dramatique du moment (un peu à la Sergio Leone…).

Winston avait de la peine à réaliser qu'il était le tombeur du colosse étendu sur le sol, habité d'un air encore plus benêt qu'en position verticale. L'ensemble des détenus présents dans la cour avait les yeux rivés sur le mastodonte étalé à terre. Chacun se demandait s'il fallait s'enfuir de peur de représailles ou bien éclater de rire. L'auteur de ce coup d'une rare violence ressentit tout à coup la douleur de sa main qui lui avait servi de projectile. Une souffrance très brutale et intense sembla se propager de l'extrémité vers l'épaule comme le prix à payer de son exploit.

Avant que quiconque ait pu réagir, Winston fut agrippé par les bras et emmené sans aucun ménagement par deux agents de sécurité. Ces derniers le trainèrent à l'intérieur, puis le firent pénétrer dans la salle dans laquelle il avait rendez-vous chaque jour pour faire état de ses forfaits Il fut prié de prendre place sur la chaise faisant face au bureau et ils disparurent. L'agent Peel, celui-là même qu'il avait rencontré lors de son arrivée, se tenait de l'autre côté du bureau.

— Je ne suis pas sûr que vous soupçonniez la violence qui sommeillait en vous, dit l'agent de détention, s'adressant à Winston sans aucune forme d'agressivité.

— … Je … Je suis désolé, je ne voulais pas, bredouilla Winston en guise de réponse.

— Mais cette violence, la connaissiez-vous ?

— Non, je suis le premier étonné, ça ne m'est jamais arrivé. Tous les gens que je connais pourront vous le dire,…

— Mais ça ne m'intéresse pas, coupa l'agent. Avez-vous déjà entendu parler des jeux de respect de la Règle auxquels nous pouvons nous livrer dans cet établissement ?

— Oui, c'est vous qui m'en avez parlé lorsque je suis arrivé, mais je n'y ai encore jamais été confronté.

— Et bien vous ne direz plus ça, puisque le pauvre garçon que vous venez de mettre K.O. a été totalement téléguidé par nos soins de façon à vous pousser dans une situation émotionnelle difficile afin de nous permettre d'évaluer votre réaction.

Winston blêmit instantanément.

— Mais comment ça « *téléguidé* » ?

— Vous vous demandez certainement comment il pouvait avoir connaissance de l'existence même d'une certaine « Nalala » ? et en effet, comment en aurait-il eu connaissance sans que nous ne lui en parlions. En fait chacune de ses actions envers vous a été le fruit d'une sorte de commande de notre part. Il y a eu très peu d'improvisation dans ses actes. Il s'est scrupuleusement conformé à nos directives. Je crois que vous ne me contredirez pas si j'affirme qu'il a réussi en très peu de temps à vous faire sortir de vos gons.

Winston ne put qu'acquiescer d'un signe de tête.

— L'objectif était double. Le premier était d'observer quel comportement vous êtes capable d'adopter lorsqu'on vous pousse dans vos retranchements. Il est important d'évaluer votre capacité à résister à des situations qui heurtent votre univers classique. Pour cela, il devait vous bousculer un peu. Sur ce point, votre réaction a été plus qu'éloquente. Je crois même qu'il n'est nul besoin de l'interpréter. Vous êtes sujet aux accès de violence.

Tout ceci n'était donc qu'une expérience. Winston se dit à cet instant que le temps de retrouver la vie extérieur n'était pas si proche. Si l'épreuve de caméra cachée qui venait de lui être infligée avait été un examen, il aurait une note pitoyable. Il tenta de s'intéresser à l'entretien et relança son interlocuteur :

— Et le second aspect de ce… test ?

— Vous vous demandez immanquablement comment nous-mêmes connaissons Nalala parce que vous imaginez que vous en dissimulez parfaitement bien l'existence. Vous avez, durant des années défendu la Régle et son application, vous devriez prendre conscience que nous savons beaucoup de choses et comprendre que tout ce que nous attendons de vous ici, c'est que vous nous livriez tout ce que vous avez fait et avec qui. Peu importe que nous le sachions déjà ou non. Ce qui est important c'est que vous le verbalisiez afin de vous guérir de cette tendance irrespectueuse envers la Règle et que vous puissiez suivre un programme de réintégration de la société. Mais sans cette démarche permettant d'avouer vos forfaits, vous ne pourrez pas progresser et redresser la barre. Le second aspect consistait donc à vous montrer que vous vivez dans un monde où vous vous mentez à vous-même, où ce que vous pensez cacher, vous ne le cachez en réalité qu'à vous-même. Pour réaliser ce genre de chose, il n'y a rien de mieux que la mise en situation, même si elle est parfois un peu théâtrale. Lorsque l'acte est bien préparé, il est efficace. Je pense que vous pouvez m'en être témoin. Nous espérons donc que cette expérience va abattre vos appréhensions et tous les prétextes que vous pouvez essayer de vous trouver pour justifier votre silence. Nous voulons que vous compreniez l'absurdité de votre résistance. Comme je vous l'ai dit au premier jour de votre séjour ici, nous n'userons jamais de violence, d'intimidation ni d'une quelconque menace. Vous seul pouvez faire pression sur votre mental pour évacuer enfin ce qui pourrit votre intellect. Vous êtes seul maître à bord de votre destinée, vous seul pouvez la piloter vers le bon rivage. Si nous le faisions à votre place, la récidive serait quasi-certaine. Toute la force du système de rétention réside dans ce principe. Socrate disait qu'enseigner consiste à révéler ce qui existe déjà en vous. Nous suivons en quelque sorte ce précepte en essayant de vous aider à trouver en vous-même les bonnes raisons de vous reprendre et de retrouver la seule voie qui puisse être compatible avec la vie en société, celle du respect de la Règle.

Sur ces paroles définitives, Winston se sentit minable, tel le môme pris la main dans le sac de bonbons en niant l'évidence. Excepté qu'il savait qu'il ne jouait pas et qu'il redoutait que ses aveux ne ruinent plusieurs vies. Malgré cette mise en scène et cette démonstration, Winston ne pouvait s'empêcher de croire qu'ils pouvaient bluffer. Il les pensait toujours capables de tout pour lui arracher des aveux complets. Après tout, ils n'avaient peut-être aucune preuve et le piège se refermerait complètement et définitivement lorsqu'il leur aurait donné confirmation de ce qui pouvait très bien n'être que des conjectures.

« L'espace possède ses trois dimensions,
notre monde possède la Règle »

Lorsqu'il eut rejoint sa cellule, il était totalement désemparé. Le trouble qui l'accablait le plongeait dans un profond doute. Un doute général, la remise en cause de tous les principes qui l'aidaient à se lever le matin pour affronter la journée qui s'annonçait, la remise en cause de tout ce qu'il essayait d'ériger en certitudes pour ne pas perdre ce qu'il pensait être le nord. Mais la boussole s'affolait. Les perturbations apportées par l'Administration étaient de nature à chahuter l'équilibre instable dans lequel il tentait de se réfugier. L'édifice était fragile à la base et les manœuvres étudiées de l'Administration pour le déstabiliser se révélaient terriblement efficaces. Et inutile d'espérer la moindre bouffée d'air sursaturé pour se calmer. Winston se sentait psychologiquement fragilisé. La perte de repères qu'il subissait depuis son arrivée risquait de le faire sombrer dans une zone dont il n'était pas certain de pouvoir ressortir. Cette perspective l'effrayait et cela constituait un cercle vicieux qui semblait l'emporter comme une vague contre laquelle il ne pouvait rien. Il est même des courants dont on dit qu'il ne faut surtout pas lutter contre. Il faut se laisser entraîner par lui et revenir sur le rivage une fois qu'il a cessé. Suivant ce précepte, Winston devrait-il se laisser aller à ce que l'on attend de lui, à des aveux circonstanciés et à lâcher Nalala et ses complices ? Peut-être qu'ensuite, il pourrait reprendre le cours des événements de façon plus sereine.

La lumière crue de la cellule rejaillissait sur les parois brillantes ne laissant aucune place à la douceur ou à l'ambiance feutrée dont Winston aurait rêvé en cet instant pour tenter de recouvrer ses esprits.

— Ça n'a pas l'air d'aller fort !

Winston sursauta aux mots de Kass. Il avait encore fait abstraction de sa présence.

— Pourtant, la droite que tu as servie au géant, chapeau !! On aurait dit David contre Goliath ! Tu dois faire cinquante kilos de moins que ce lourdaud et tu l'as allongé d'une seule mornifle. On était tous épatés et je peux te dire que t'as gagné le respect de tous les gars qui étaient dans la cour. C'est pas banal de voir un coup comme ça. On aurait pensé qu'il allait t'écraser comme une mouche et c'est toi qui le rectifie d'un seul coup de phalanges. Franchement, j'aurais pas cru. En plus, vu que personne ne peut l'encaisser, ce débile, t'as remporté le grand prix du public et je crois que tu pourras demander un service à qui tu veux, il ne saura pas te le refuser. Moi le premier !

— En fait, c'était un coup monté. C'était un jeu de respect de la Règle.

— Ah ouais ? Ben ils se sont surpassés sur ce coup-là. Personne n'a rien vu. Mais je te fiche mon billet qu'ils n'avaient pas prévu que tu le démolisses, le cétacé. Ils ont dû lui dire de t'intimider et au besoin de te coller une baffe ou deux, mais ils n'ont sûrement pas envisagé que tu puisses détruire leur jouet. Ça c'est la surprise du chef.

— Tu sais, je ne me suis à peu près jamais battu. Ça m'est venu comme ça, il m'a trop agacé, je ne sais pas ce qui m'a pris, c'est parti tout seul.

— Ben dis-donc, on peut dire qu'il faut pas t'énerver toi, parce que vu comment t'as arrangé l'autre pachyderme, t'es pas à l'abri de tuer quelqu'un s'il t'a piqué ton quatre heures.

— Donc tout ceci est une histoire montée par l'administration. Soit. Mais ce que je n'arrive pas à comprendre, c'est qu'ils semblent tout savoir sur moi, sur ce que j'ai fait, quand et avec qui. Pourquoi est-ce qu'ils s'acharnent à essayer de me le faire avouer ?

— Ah, alors là c'est autre chose. Le cinéma qu'ils t'ont servi, c'est une distraction, ça pimente un peu le quotidien, tu ne diras pas autre chose, c'est une petite aventure, c'est assez rare pour ne pas en profiter et dans ton cas, c'est même un petit moment de gloire. Mais si tu reviens aussi sec sur tes aveux attendus, tu tombes dans le piège à con qu'ils te tendent. Leur truc, c'est de te déstabiliser pour que tu ne saches plus où tu en es et pour que tu te dises qu'ils sont ton seul refuge, ta seule solution, que t'as finalement pas d'autre choix que de les affranchir. Pour ça ils n'ont pas leur pareil. Ils sont capables de tout un tas de trucs pervers pour te faire dire ce qu'ils ont envie que tu craches. T'as pas idée de ce qu'ils ont pu faire pour ça. Tiens, moi par exemple, ils m'ont harcelé durant des mois parce qu'ils savaient que j'ai un passé où j'étais accro à certaines substances… disons illicites. Ils ont alterné les périodes où ils me procuraient de quoi m'envoyer en l'air et les jours où je n'avais droit à rien. Trois jours d'opulence, de pied total et puis trois jours de sevrage. Il n'y a pas pire pour te détruire. Pendant trois jours j'étais aux anges, puis immédiatement, c'était l'enfer complet, un vrai cauchemar. J'ai l'impression que ça a duré des années tellement j'en ai bavé. Alors maintenant, tu sais, ils peuvent bien faire ce qu'ils veulent, je n'en ai plus rien à braire, plus rien ne m'affecte après ce qu'ils m'ont fait subir.

— Mais comment tu t'es tiré de ce mauvais pas ?

— Tu parles d'un mauvais pas ! Quand tu passes tous les trois jours d'un état complètement planant à un flippe où tu grelottes et où tu tuerais ta sœur pour un petit quelque chose pour te soulager, tu deviens complètement dingue. Alors un jour, j'ai décidé de prendre sur moi et de ne plus consommer. Stop, fini, terminé. Nada. J'ai été mal une bonne fois pour toute et puis j'ai serré les dents. C'était la seule solution pour ne plus leur donner de prise. C'est pour ça que depuis, je me contente de peu et je ne rate pas les occasions comme celle que tu nous as donné aujourd'hui pour me distraire un peu. Par contre, leurs manœuvres pour déstabiliser et tout le tintouin, ça m'en touche une sans réveiller l'autre. J'en ai fini avec ça. Allez champion, m'en veux pas, mais pour moi toutes ces combines sont juste vicelardes. Quand des gens te disent qu'ils agissent pour ton bien et qu'ils t'enfoncent en te faisant des trucs que tu souhaiterais pas à ton pire ennemi, j'arrive pas à croire une seconde qu'ils puissent mériter ta confiance. Pour moi c'est des pourris, un point c'est tout. Maintenant je peux comprendre tes illusions. Mais ne m'en demande pas plus. C'est le respect que je te dois, c'est normal. Mais je garde mes convictions et mon opinion sur leurs pratiques dégueulasses, leurs méthodes de moins que rien et je ne leur ferai jamais confiance. Si tu veux jouer leur jeu et tomber dans leur panneau, c'est ton problème, mais j'avais l'impression que t'étais un peu au-dessus de ça, t'avais l'air de pouvoir garder la tête sur les épaules, de rester maître de ton destin et droit dans tes bottes. Bref, je pensais pas que tu te ferais pigeonner par ces pratiques de guignols.

Winston eut envie de lui dire quelque chose comme « En définitive, l'épreuve qu'ils t'ont infligée t'a donné la force de tout arrêter, on pourrait presque dire que c'était une bonne chose, tu ne trouves pas ? Et ce n'est pas tout-à-fait étonnant puisque 78% des addictions cessent après un séjour en rétention ». Mais il se retint pour ne pas attiser la colère probable de son compagnon.

Au final, cette brillante démonstration n'éclairait Winston en rien. Elle densifiait même son épais nuage de doute, d'hésitation, dans cette souffrance qui le quittait de moins en moins.

*« Le monde passé comptait sept merveilles,
la Règle suffit au nôtre »*

Face au bloc de commande de l'appareil, Winston actionna le bouton qui démarre l'enregistrement. Cela faisait des nuits et des jours, ou le contraire, qu'il y pensait, c'était la seule issue, il en était maintenant complètement convaincu. Il commença alors son récit :

— Je ne sais pas bien à qui je parle et je n'aime pas beaucoup ça. Mais il faut dire que tout, dans cet endroit, est fait pour être déplaisant. Alors je vais essayer de ne pas y prêter attention et de parler comme si j'étais devant un miroir à me raconter une histoire. Je suis, ou plutôt j'étais, un agent d'application de la Règle. Dit comme ça, ça n'a l'air de rien, mais je n'aurais jamais pu faire autre chose dans ma vie. J'ai le sentiment d'avoir été programmé pour ça. Quand j'étais écolier, il m'arrivait de reprendre l'enseignant de la Règle parce qu'il n'appliquait pas ce qu'il venait de dire. Je n'ai jamais supporté l'injustice ni le manque de loyauté. C'est donc très naturellement que je me suis inscrit dans cette direction et j'ai la prétention de croire que j'ai été fidèle à ces principes durant toutes ces années d'apprentissage puis au service de mes concitoyens et de l'Administration. Je n'ai certainement pas été parfait, il y a certainement à redire et vous en savez probablement long là-dessus. Néanmoins, je l'ai toujours fait avec une conviction sans faille. La Règle a toujours été le guide de mes pas professionnels, mais pas seulement. Dans ma vie quotidienne je me suis toujours efforcé d'être fidèle à ces convictions. On me disait souvent « Winston, arrête de nous barber avec ta Règle, t'es pas au boulot ici, laisse nous vivre… » mais ce n'était pas grave, je continuais mon évangélisation, inlassablement. Lorsque je suis arrivé à la Grande Administration, c'était une étape importante. Je pouvais enfin faire profiter mes semblables de ce que je savais faire de mieux et de ce en quoi je croyais le plus. Ce que l'on prenait pour de l'abnégation et du dévouement ne me demandait en réalité aucun effort puisque c'est dans une source naturelle que je puisais le force et les ressources nécessaires. Je crois pouvoir dire que d'une certaine façon, j'ai aimé chacun des concitoyens qui sont venus dans mon box. A chacun, j'ai tenté de donner les moyens de trouver une solution à son problème. Pour ceux qui tentaient de frauder ou de travestir la réalité, je pense avoir été juste, en tout cas j'ai essayé de l'être. Pour tous ces gens à qui j'ai permis de retrouver leurs droits, j'affirme que je suis heureux d'avoir exercé ce métier et que je ne regrette rien. On peut certainement toujours mieux faire, mais je pense que les statistiques prouvent largement que j'ai été performant. Je crois que mon grand chef de secteur en attesterait également. Et au diable les statistiques, je sais avoir fait du bien à un nombre considérable de mes concitoyens et cela n'a pas de prix pour moi. Et ne vous en déplaise, il s'agit bien là d'un but essentiel de la Règle. En cela, je vois mal ce qui pourrait m'être reproché. Le bienêtre de mes semblables a toujours été au centre de ma façon d'agir et de mes activités. Même lorsque je fréquentais les planètes et leurs communautés virtuelles le soir, j'ai souvent tiré d'affaire des citoyens dans le besoin.

Winston fit une pause et se détendit quelque peu, il sentait son appréhension de dissiper au fur et à mesure qu'il s'exprimait. Il se retourna à nouveau vers ce micro, seul compagnon dans cette pièce vide.

— Je passe pour en connaître assez long sur la Règle. Pourtant, je ne savais pas grand-chose de la façon dont ça se passe dans les centres de rétention. Je m'en rends compte maintenant. J'ignore pourquoi vous n'êtes pas là, face à moi, pour entendre ce que j'ai à vous dire. Ça se passe comme si je me parlais à moi-même, mais ce dont j'ai envie, c'est de vous expliquer, de me justifier et de vous voir réagir, de réussir à vous convaincre, pas de discuter avec un enregistreur dont je ne sais même pas s'il sera écouté par quelqu'un. Enfin, je n'ai pas le choix, ça je l'ai compris, alors allons-y. Lorsqu'on est agent d'application de la Règle, il y a un ennemi qui fait figure de serpent de mer. On sait qu'il peut surgir à tout moment, qu'il se cache derrière un citoyen aux allures calmes et posées ou n'importe quel sujet. Il s'agit bien entendu des dissidents. Nous apprenons à les débusquer et à lutter contre leurs machinations. Ils sont les pires ennemis de la Règle et j'ai toujours considéré comme une priorité absolue de démanteler ces réseaux clandestins dès que l'occasion m'en était donnée. Bien entendu, je ne fais partie que du bureau des cas individuels, il n'est pas dans mes attributions de traiter les réseaux de dissidents en direct, ça c'est le travail des bureaux d'investigation, mais tout de même, je leur ai transmis des informations parfois décisives pour boucler leurs enquêtes suite à des cas sur lesquels j'avais eu à travailler. En fait, je crois que pour moi, les dissidents incarnent tout ce qui peut corrompre la Règle et surtout mes concitoyens vis-à-vis d'Elle. C'est une sorte de vermine qui n'a pas une tête, mais une multitude de réseaux comme une toile tissée. Couper un fil ne met pas le réseau en péril, seul un combat quotidien, déterminé et massif peut aider à éradiquer ce genre de phénomène. Qu'une organisation de dissidents tente de faire chanter une collègue de l'Administration, une collègue par ailleurs irréprochable, comment peut-on appeler cela si ce n'est une injustice ? Il arrive que l'on me reproche un côté manichéen, mais il faut dire que là, j'ai d'un côté le visage de ces dangereux parasites et de l'autre une collègue dont le seul objectif est de servir l'Administration du mieux qu'elle le peut. Et de ce que j'ai pu voir, elle le fait parfaitement bien. Il est vrai que si on prend les choses *stricto-sensu*, il y a une faille dans son histoire, mais une faille dont elle ne peut raisonnablement pas être tenue pour responsable. Elle n'a pas choisi sa famille, alors qu'elle a choisi d'embrasser cette carrière et qu'elle met tout en œuvre pour servir la Règle. Alors oui, c'est vrai, j'ai pris un parti qui peut être discutable, mais qui m'a semblé juste et que je considère toujours comme tel. J'ai décidé de l'aider à se sortir de ce mauvais pas. J'ai utilisé des moyens qui sortent de ce qui est autorisé et j'en paie le prix aujourd'hui. Pourtant, j'ai beau retourner la question dans tous les sens, je n'arrive pas à me dire que je dois regretter ce que j'ai fait. Si j'étais passé par la voie autorisée, rien n'aurait pu être fait dans les temps pour lui permettre de se protéger et pour le coup, de devenir complice malgré elle d'une action fort néfaste pour la Règle et pour la société. Ce que je dois également dire pour terminer de vider mon sac est que cette action a paradoxalement renforcé ma confiance en mes concitoyens. C'est en partie grâce à eux que je suis parvenu à pénétrer le système de la Grande Mémoire. Je les ai mobilisés pour une cause qu'ils ont trouvée juste et ils ont été très nombreux à agir pour cette cause en se connectant au moment dit de façon à saturer le système. Cette vague de support anonyme me réchauffe lorsque j'en ai besoin. Eh bien oui, j'ai fait ce dont on m'accuse et je vous le dis, je ne regrette rien. Pourtant, cet endroit me torture, la frustration est monstrueuse, j'ai l'impression d'être un poisson rouge dans son bocal que l'on regarde avec curiosité mais dont l'existence ne préoccupe personne. Comme quoi, je resterai fidèle à mes convictions profondes et vous pouvez bien user de tous les artifices que vous voulez, vous pouvez user de provocations en tout genre, continuer à me priver de tout ce que vous souhaitez, je ne pense pas que je changerai. De toute façon, je suis déjà privé de tout ce qui fait l'intérêt de ma vie et en particulier de ma dignité. Je crois qu'il me reste quelques minutes pour…

La porte de la pièce s'ouvrit brutalement et l'agent Peel, qui l'avait entretenu la veille, apparut dans l'encablure.

— Suivez-moi s'il vous plait, lui enjoignit il.
— Mais je n'ai pas terminé, répondit Winston ne se retournant vers lui.
— Croyez-moi, ce n'est pas grave, j'ai un certain nombre de choses à vous dire.

Un peu agacé, mais intrigué par le ton énigmatique de l'agent, Winston obtempéra et le rejoignit.

Lorsqu'il parvint à la porte, il eut un choc. Le couloir austère par lequel il était arrivé et qu'il traversait chaque jour avait muté en un hall spacieux et lumineux avec des gens affairés qui allaient et venaient entre des portes et des ascenseurs. Tous les signaux lumineux indiquant les zones accessibles, les lumières blafardes, tout cela avait laissé place à un environnement beaucoup plus vaste, beaucoup plus doux et surtout… vivant. Le mouvement avait remplacé l'inertie et la lourdeur du lieu avait disparu au bénéfice du balancement dynamique des agents qui s'agitaient d'un box à l'autre.

Depuis des mois, Winston n'avait vu de pareille excitation. Des gens normaux, habillés normalement, qui se déplaçaient normalement, dans une vie qui semblait normale. Si ses yeux ne le trahissaient pas, ce qu'il voyait ressemblait fort à ce dont il était privé depuis bien longtemps.

— Qu'est-ce que c'est que ça ? finit par interroger Winston.

L'agent répondit avec enjouement :

— Bienvenue dans l'Administration Supérieure.
— Quoi ? Comment ? bredouilla Winston. Comment est-ce possible, où sont les couloirs qui mènent à ma cellule ?
— Il n'y a plus rien de tout cela. Une sorte de tour de passe-passe, mais rien de génial. Vous voici ainsi transféré tranquillement dans ce département de l'Administration afin que je puisse éclaircir quelques… menus détails.

L'agent Peel entraina Winston dans un couloir voisin et l'introduisit dans une salle qui aurait pu être celle dans laquelle Winston assistait naguère à son hebdo. L'agent l'invita à prendre l'un des sièges et s'installa face à lui, l'air décontracté. Winston quant à lui ne se sentait pas à l'aise. Il ne comprenait pas ce qu'il faisait là ni comment il y était arrivé.

— Je ne comprends rien, dit finalement Winston désorienté.
— Cela me paraît assez normal, répondit

calmement l'agent. Je vous ai entraîné ici pour vous expliquer. Nous avons tout notre temps, n'hésitez pas à poser des questions, vous ne manquerez pas d'en avoir, j'en suis sûr. Pour commencer, je dois vous dire que tout ceci était une épreuve supervisée par l'Administration.

— Oui, ça je le sais, dit Winston. Je sais que tout ce qui m'entoure est régi par la Règle et l'Administration. Tout spécialement la rétention. C'est encore un jeu d'application de la Règle. Vous me l'avez déjà jouée et j'avoue que c'est de plus en plus crédible. On se fait vraiment piéger. Mais en revanche, je ne comprends pas bien l'objectif.

— Non, vous ne saisissez pas. Quand je dis tout ceci, cela signifie que vous avez été… en quelque sorte… manipulé, ou plutôt mis à l'épreuve depuis de nombreux mois par l'Administration Supérieure. Depuis l'apparition des autotextes jusqu'à votre incarcération et tout ce qui s'est passé, tout a été prémédité, préparé, suivi et évalué par l'Administration. Tout ce qui a conditionné vos actions a été provoqué par nous et toutes vos réactions ont été suivies, analysées et interprétées.

Winston eut un mouvement de recul. Il se prit la tête entre les mains pour essayer de saisir la portée de ce qu'il venait d'entendre.

— Vous voulez dire que les autotextes, c'est en fait vous qui les avez écrits ?

— Exactement, répondit l'agent.

— Mais vous vous êtes fait passer pour des dissidents auprès de Nalala ?

— Ah, pas tout-à-fait, fit l'agent. Nalala fait partie du décor, si je puis dire. Elle était au courant de nos agissements puisqu'elle appartient à notre équipe. Si cela peut vous rassurer, elle n'a jamais été battue par son père et elle n'a pas de passé dont elle aurait à se cacher aujourd'hui.

Celle-là était un peu rude à encaisser. La déception de Winston fut assez violente. Il eut soudain le sentiment de s'être fait berner et son ego fut sérieusement écorné. Tout ceci n'aurait été qu'une pièce de théâtre, un jeu organisé par l'Administration ? Une manipulation géante ?

— Si j'arrive à suivre ce que vous me dites, ça signifie que je ne retournerai pas en rétention, repris Winston, retrouvant un brin de pragmatisme, voire d'optimisme.

— Absolument. Cette expérience est terminée pour vous, je suis là également pour vous livrer les raisons et les conclusions de toutes ces épreuves qui vous ont été infligées. J'y viendrai toute à l'heure. Mais je peux dores et déjà vous dire que le test que vous venez de subir a été infligé à une cinquantaine d'autres « candidats » et vous faites partie des trois résultats les plus satisfaisants. Je tiens à vous en féliciter très vivement.

— Mais avant, dites-moi, quels sont vos complices ? C'est assez cocasse que ce soit à moi de vous poser cette question désormais dit Winston en souriant enfin.

— Toutes les personnes qui sont apparues dans votre vie ces derniers mois ont toutes été liées à notre expérimentation.

— Et Sigmund, j'imagine que lui aussi a été téléguidé.

— Ah non, répondit l'agent. Je crois que lui a simplement puisé dans son naturel et s'est montré tel que nous l'avons toujours observé. Je dois dire que sa couardise nous a bigrement aidés. Une véritable chance pour l'expérimentation à laquelle il a involontairement ajouté une pointe de réalisme.

Winston reçut l'information avec résignation. Au moins, il n'y avait plus de doute sur la nature du personnage. Il ne méritait que son mépris et même cela était déjà sans doute une marque d'intérêt trop importante.

— Donc, si je résume, reprit Winston. Depuis des mois, vous m'avez entrainé dans une sorte de machination et vous observez mes réactions ; vous me jetez en rétention et vous contrôlez tous les gens que j'approche ; vous mesurez chacun de mes gestes ; vous évaluez tous mes mouvements et vous provoquez des réactions en tout genre pour… pourquoi ? Je suis curieux de savoir comment vous justifiez de tels agissements, comment vous pouvez expliquer cette prise de pouvoir sur ma vie, qu'elle soit professionnelle ou privée. Vous avez effectivement été manipulateurs et c'est un énorme euphémisme. Je me sens trahi, violé, trompé. Je ne comprends pas ce qui peut motiver de tels agissements, surtout venant de l'Administration qui représente la droiture et l'exemple. J'avoue que je suis curieux de vous entendre là-dessus.

— Et bien voici, répondit l'agent toujours aussi calme. Tout d'abord, je dois me présenter un peu mieux. Je suis l'agent Peel, vice-responsable de l'Administration Supérieure.

Winston crut se sentir mal. Il avait en face de lui le numéro deux de ce que l'Administration comptait d'autorité. Il n'avait même jamais imaginé rencontrer un jour ce type de personnage tant son rang était élevé. Winston avait même un peu de mal à croire à ce qu'il venait d'entendre. Pour ajouter à son malaise, il venait d'avoir des mots plutôt durs et s'il avait su…

— Ceci étant, dit le vice responsable d'un ton solennel, vous avez raison sur un point.

L'Administration supérieure doit être l'exemple et la droiture. Pour ce qui est de vous tromper et de vous trahir, je comprends que vous puissiez le ressentir ainsi. Néanmoins, je peux vous assurer que nous n'en tirons aucune joie ni aucun contentement. Tout ce que nous vous avons fait subir a été établi par un collège de spécialistes servant le but dont je vais vous parler. Tout ce qui s'est produit restera totalement confidentiel, les personnes qui en ont été les artisans, ou complices si vous préférez pour l'instant, de ce travail sont tenues au secret le plus absolu. Vous pourrez vous entretenir avec chacune d'elles si vous le souhaitez, ceci est prévu par le protocole. Vous savez que les groupes de dissidents sont actifs et tentent par tous les moyens de corrompre, de saboter, de détourner et de déstabiliser tout ce qui fait le fondement de notre société que je crois équilibrée et juste. Nous notons depuis quelques temps une recrudescence d'activité des groupes activistes. Aucune statistique n'est publiée à ce sujet afin de ne pas leur donner une importance qui pourrait leur monter à la tête et décupler leurs ambitions malsaines. Mais je peux vous affirmer que c'est le cas. Leurs actions sont toxiques pour tout ce en quoi nous croyons vous et moi, pour tout ce qui permet d'assoir le bienêtre de nos concitoyens, la justice et la paix. Ce problème a donc été pris très au sérieux par l'Administration Supérieure qui gouverne et il a été décidé de créer un organisme spécial de lutte contre les groupes d'opposants. Une sorte d'escouade, faite de nos meilleurs éléments, capable de les débusquer, de les traquer et de limiter au mieux leurs agissements. Je ne crois pas que nous parviendrons un jour à éradiquer totalement ces groupuscules, mais je suis convaincu que nous saurons les réduire suffisamment pour que leur existence ne soit plus qu'anecdotique. Pour constituer cette escouade, nous avons construit un programme très particulier capable d'évaluer la capacité de chacun des candidats, repérés au préalable, à remplir un certain nombre de critères essentiels, comme la fidélité à la Règle, mais aussi à ses convictions profondes, une véritable expertise dans la façon d'utiliser la Règle et les outils qui lui sont associés. Vous aurez donc compris que vous avez été sélectionné pour faire partie des éléments que nous avons d'abord décidé de tester et d'évaluer pour connaître leur aptitude à prendre ce problème à bras le corps. C'est pourquoi nous avons monté un programme spécifique qui vous a mené à tenter de pénétrer la Grande Mémoire, puis vous a conduit dans un centre de rétention pour que vous y soyez confronté aux conditions réelles des sujets qui y sont résidents. Toutes ces épreuves ont été pénibles pour vous, elles ont eu lieu à vos dépends, vous avez sans doute souffert durant toutes ces semaines, mais je pense que vous avez toutes les capacités requises pour comprendre qu'il n'y avait pas d'autre solution. D'autant que, comme je vous l'ai dit, vous avez brillamment franchi ces obstacles et je suis aujourd'hui convaincu que vous êtes apte à faire partie, non seulement de l'escouade, mais d'en être un leader. L'obstination dont vous avez fait preuve pour rester fidèle à vous-même, à vos convictions, à la Règle et à vos amis a été éloquente et je n'ai pour ma part aucun doute sur votre loyauté. Quant à vos qualités d'application de la Règle, elles n'étaient même pas en doute au début de l'expérimentation. De mon point de vue, toute l'opération s'est déroulée de façon idéale. La seule anicroche est l'intensité avec laquelle vous avez neutralisé celui qui devait vous faire sortir de vous-même. Vous lui avez détruit la mâchoire et il s'est fracturé une épaule en tombant inconscient. Mais c'est les risques du métier et je dirais que le jeu en valait les chandelles… mais passons. Si vous le souhaitez, je peux donc détailler chacune des étapes du protocole qui a été conçu pour votre candidature.

— Non, ce n'est pas nécessaire, coupa Winston. Je crois en revanche que j'ai besoin d'un peu de temps pour digérer tout ça. Les dix-sept semaines, si je compte bien, qui viennent de s'écouler n'appartenaient pas vraiment à ma vie, j'ai besoin de retrouver mes repère. J'ai été conditionné pendant tout ce temps, il faut que je retrouve mes esprits.

— Bien entendu répondit Peel. Comme je vous l'ai dit, hormis les gens qui font partie de l'opération, tous vos collègues et amis, mais aussi vos supérieurs ont eu l'information officielle selon laquelle vous étiez réquisitionné sur une opération spéciale. Vous n'aurez ainsi perdu aucun crédit auprès d'eux et vous pourrez reprendre votre place sans le moindre problème ni questionnement. Bien évidemment, il ne s'agira plus que d'une couverture désormais, enfin si vous acceptez la mission que je vous propose.

— Ecoutez, je suis flatté que vous ayez pensé à moi, bien entendu, je serais très fier de faire partie de ce groupe. Je crois que vous savez à peu près tout de moi aujourd'hui et vous savez par conséquent que ce genre de quête me tient à cœur et que je mettrai tout ce que j'ai à son service. La seule réserve que je peux avoir…

— Ah…, fit le vice-président dans un rictus qui semblait lui avoir crispé tout le corps.

— Oui, j'ai besoin d'attendre demain pour être sûr que les choses n'ont pas changé, que votre proposition est toujours valable, que je ne suis pas retourné dans ma cellule de rétention, enfin bref, que je ne suis pas en train de rêver.

— Ah, fit le vice-responsable Peel en expirant de soulagement. Si ce n'est que ça, ne vous en faites pas, cette fois-ci rien ne sera bouleversé d'ici demain. Mais vous avez raison, vous avez besoin de vous reposer pour retrouver vos esprits. Je vais vous faire raccompagner chez vous. Dites-moi ce que vous souhaitez faire demain, le moins que je puisse faire est d'exaucer vos vœux pour me faire pardonner les libertés qui ont été prises avec le cours de votre vie. Dites-moi, et j'exécuterai. Dans la mesure du raisonnable, bien entendu, mais je le ferai volontiers. Si vous souhaitez prendre deux semaines de vacances dans un centre spécialisé de remise en forme, si vous souhaitez le dernier modèle d'écran plasmique…

Le vice responsable s'interrompit, visiblement dérangé par une idée qui venait de s'inviter sous son chapeau. Une bête association d'idées avec l'écran plasmique.

— Si, j'aurais tout de même une requête à formuler, dit Peel. J'aimerais que vous vous manifestiez au plus vite sur les planètes sur lesquelles vous aviez vos habitudes. Je souhaiterais que les membres de ces communautés sachent que vous êtes de retour de façon à ce que vous puissiez reprendre votre place au plus vite. La nature ayant horreur du vide, il ne faut pas que votre place soit occupée par d'autres. Nous aurons grand besoin de ces communautés dans les investigations qui seront les vôtres dans vos nouvelles fonctions. Mais cela ne retire rien à ce que je vous ai dit. Faites-moi part de vos souhaits et je ferai tout mon possible pour les réaliser.

— Ne vous en faites pas, je vais y réfléchir, mais pour l'instant, j'apprécierais par-dessus tout de pouvoir rentrer chez moi.

— Je comprends. Je vous fais raccompagner. Voici mes coordonnées, vous pouvez me joindre de jour comme de nuit, vos moyens de communication ont été rétablis dans votre appartement. Le ménage y a été fait régulièrement et les bacs à nourriture sont garnis. Il va sans dire que votre réserve d'air sursaturé est pleine, ce petit plaisir vous a manqué durant ces nombreuses semaines de rétention. Je ne vous retiens pas plus et je vous dis à demain.

Le vice responsable s'était levé et tendait la main à Winston. Celui-ci l'imita et quitta les lieux, non sans avoir manifesté son respect au très haut responsable.

*« Si un dieu avait écrit le mode d'emploi du monde
qu'il est supposé avoir créé, il eut écrit la Règle »*

Lorsque Winston ouvrit un œil, le soleil était déjà haut dans le ciel et le rai de lumière qui traversait les rideaux éclairait largement la chambre. Il se retrouvait là en ayant presque l'impression d'être un étranger. Tout ce temps qu'il avait passé, éloigné de ses endroits familiers, de ses occupations habituelles et par-dessus tout ce mode de vie en rupture avec le quotidien habituel l'avaient complètement déconnecté. Il avait découvert en arrivant la veille au soir qu'un écran plasmique de dernière génération avait remplacé sa vielle console et que tous ses appareils domestiques avaient été remplacés par les engins les plus récents dont Winston ne connaissait parfois même pas l'existence. Toutefois, aucun repère ne lui avait fait défaut pour tester l'air sursaturé dont l'Administration avait rempli sa réserve. Il l'avait beaucoup apprécié et il en avait largement abusé. Il s'était endormi, perdu dans les nuages de ses pensées de plus en plus floues, ces images qui s'entremêlaient, passant de Nalala à sa geôle, de Kass au vice-responsable, de la cour de détente à cette chambre, sa chambre, son univers, le vrai, celui qu'il n'aurait jamais dû quitter. Un nombre incroyable de questions commençait à poindre dans sa tête. Tellement de questions dont il se dit qu'il aurait pu les poser au vice-responsable. Mais sur le moment, il n'y avait pas pensé. A peine eut-il ouvert les yeux, que ces questionnements réapparurent. L'air sursaturé et une nuit entière de sommeil réparateur, sans l'ombre d'un réveil forcé pour visionner un chapitre de la Règle n'avaient pas suffi à faire le vide et à balayer cet enchevêtrement d'interrogations, de bribes de raisonnements et de conclusions avortées. Il faudrait un temps certain pour que tous ces souvenirs s'organisent en une histoire sensée, structurée et qu'il puisse donner un sens définitif à cette aventure. Peut-être ne fallait-il pas chercher à tout expliquer, tout comprendre, en tout cas pas immédiatement. Winston décida qu'il valait mieux se laisser porter un peu par les événements plutôt que d'essayer de les maitriser encore et toujours. Il avait bien droit à un peu de repos et à profiter de ce qui lui était offert. Il prit son petit déjeuner, fait d'aliments solides et gouteux, pas une vulgaire injection juste faite pour apporter les éléments nécessaires, mais une vraie nourriture dont profitent les papilles, que l'on mastique et que l'on avale avec délectation. L'Administration avait effectivement rempli ses bacs à nourriture avec des aliments de choix et qui plus est avec ceux qui avaient ses faveurs, preuve supplémentaire s'il en était besoin, qu'ils savaient tout de lui, de ses habitudes et de ses penchants. Il savoura néanmoins ce premier vrai repas depuis plusieurs mois. Il avait simplement la sensation de redevenir humain. Il dégustait, savourait, se pourléchait les doigts comme un enfant. Il avait enfin droit au plaisir et ce nouveau rapport avec la vie changeait bien des choses. Le sevrage qu'il avait subi durant de longues semaines l'avait éloigné de ses sensations aussi douces que simples. Il mesurait l'étendue et l'impact du régime de détention sur sa condition d'homme. La privation des choses les plus élémentaires l'avait confiné dans un état minimaliste où les jours se résumaient à la survie. Non qu'il dut lutter pour sa vie, mais seules ses fonctions vitales étaient assurées. A la manière de l'animal qui hiberne en attendant des jours meilleurs, à ceci près que l'animal n'est pas tout à fait conscient durant cette période. Alors que les détenus sont maintenus dans un état de conscience permanent et même réveillés chaque nuit pour ingurgiter une leçon bien-pensante. Si bien que le retour à la vie normale risque de se passer comme une exposition soudaine au soleil pour un individu qui aurait vécu dans une cave des mois durant. Winston ressentait bien qu'il était plus sensible à la saveur, aux odeurs, à la sensation douillette de son lit, à la douceur de la pâtisserie dans sa bouche. Ses sens, au lieu de s'atrophier par le peu d'usage qu'il en avait fait, se trouvaient en fait décuplés. Cela ne durerait certainement pas, il finirait par s'habituer et il retrouverait sans doute ses perceptions passées. Mais cette hypersensibilité était bien agréable.

Winston fut interrompu dans ses douces considérations par l'arrivée d'un message. Il chaussa ses lunettes et lut le message vidéo. Il s'agissait de Nalala. Elle l'informait, que conformément à ce qu'il avait demandé, ils se verraient dans l'après-midi afin qu'il puisse discuter avec elle de l'aventure qui avait débuté avec ses autotextes. Rendez-vous était fixé.

Winston se dit en premier lieu qu'elle avait l'air enjoué et qu'elle avait visiblement plaisir à lui parler. Il pensa finalement qu'elle était certainement ravie que cette histoire se termine et qu'elle allait enfin pouvoir lui parler sans masque ni mission. Et puis, finalement, il s'avoua qu'il était beaucoup plus intéressé par le fait de la revoir que par les réponses qu'elle pourrait éventuellement mettre en face de ses questions. Il avait simplement une énorme impatience de revoir Nalala, son sourire ravageur et... et… sa présence, sa voix, son allure, tout ce qui faisait qu'elle était-elle. Winston fit mentalement une sorte d'état des lieux et le constat fut sans appel. Il venait de passer les pires mois de sa vie, cette fille y était pour beaucoup et pourtant, sa seule obsession était maintenant de la revoir. Il conservait l'idée qu'il ne lui était pas indifférent. Et puis, il y avait eu ce baiser. Ça peut sembler totalement anodin et pourtant, pour Winston il s'agissait de la preuve certaine qu'un lien les unissait. Porté par ses pensées légères et les perspectives heureuses, Winston s'attela à la découverte des nouveaux outils et gadgets qui peuplaient son appartement, à commencer par l'écran plasmique. Il était beaucoup plus perfectionné que celui qu'il utilisait à l'Administration. Il avait une sensation de touché lorsqu'il manipulait les holographes, la fluidité de formation des membranes et des images holographiques était impressionnante. Il se connecta à ses planètes et fit un petit tour pour voir ce qui s'était passé en son absence. Après quelques conversations il constata bien vite qu'il avait été couvert par l'Administration. Personne ne s'étonnait de son retour comme personne ne s'était alarmé de sa disparition. Tout avait été magnifiquement orchestré afin qu'il ne perde ni sa place ni sa crédibilité auprès des communautés qui peuplaient ses planètes. Il aurait tout aussi bien pu les avoir quittées la veille. Sa popularité était intacte, ses contacts habituels étaient heureux de le retrouver. Même s'il savait que tout cela avait été organisé par les autorités, Winston restait impressionné par ce qu'il vivait. La manipulation dont l'Administration était capable était ahurissante. Dans ces conditions, il aurait aussi bien pu disparaitre une fois pour toute que le monde ne s'en serait même pas aperçu. Il y avait là quelque chose de très angoissant et inquiétant. Si l'Administration le pouvait, peut-être qu'un groupuscule mal intentionné en serait capable également. Pourquoi pas ?

Alors qu'il bidouillait joyeusement son nouveau jouet, Winston fut alerté par le détecteur de présence de l'arrivée d'un visiteur. Ou plutôt d'une visiteuse puisque l'appareil parvenait à différencier les sexes. Son sang ne fit qu'un tour, imaginant sans délai que Nalala avait anticipé leur rendez-vous de l'après-midi et pour cause, puisqu'elle n'y tenait plus d'attendre qu'elle se languissait de lui, qu'elle n'avait pour but que de se jeter sur lui, que sa seule ambition était de lui déclarer sa flamme, qu'elle n'avait pour objectif que de l'absorber entre ses bras, de l'entourer de toute sa tendresse et de le noyer dans un océan d'amour jusqu'à ce que bonheur s'ensuive. En appuyant sur le bouton d'ouverture de la porte, il avait déjà pris de l'élan pour devancer l'étreinte qui allait suivre. Aussi, fut-il dérouté, voire gêné de se trouver nez à nez avec une parfaite inconnue. Stoppé dans son élan, il resta interloqué.

L'inconnue lui répondit d'un sourire amusé après avoir fait un pas de recul.

— Vous êtes Winston, lui demanda-t-elle simplement.

Il s'agissait d'une jolie fille, à peine plus jeune que lui et armée d'un regard qui pétillait d'intelligence. Comme il n'avait toujours pas atterri et restait interdit, elle prit cela pour un acquiescement et fit un pas en avant comme pour entrer.

— Je m'appelle Souzy, annonça-t-elle. Je suis l'amie de Jozuon. Il devait être là avant moi, il m'a donné rendez-vous ici. Il a appris que vous étiez rentré et il veut absolument venir vous voir. Il m'a tellement parlé de vous que je suis un peu impressionnée. Vous permettez, fit-elle en faisant mine de rentrer.

— Ben oui, bien sûr, fit bêtement Winston, retrouvant les usages en même temps que la parole.

Elle pénétra donc dans l'appartement et Winston la pria de s'assoir dans ce qui servait de salon. Elle eut une attention marquée pour tous les appareils flambants neufs qui peuplaient la pièce. Winston poussa les civilités jusqu'à lui offrir à boire, mais elle refusa. En revanche, elle accepta volontiers un peu d'air sursaturé. Ils n'eurent pas le temps de deviser avant que le détecteur de présence ne se manifeste à nouveau. Lorsque Winston ouvrit la porte, il fut irradié par un Jozuon éclatant, un sourire épanoui lui parcourant le visage.

— Winston ! Mon ami ! Ce que je suis heureux de te voir, lui lança-t-il.

Winston crut même qu'il allait l'embrasser ! C'est exactement ce qu'il fit. A sa grande surprise, Winston ressentit un réel plaisir face à cette manifestation d'amitié de la part de Jozuon. Cette effusion transpirait la sincérité et la fraternité, il était touchant et avait visiblement beaucoup d'affection à exprimer. Le fringuant Jozuon rejoignit Souzy et tout le monde s'installa confortablement.

— Ce que je suis heureux de te voir, répéta Jozuon, plein d'enthousiasme. Je sais qu'on ne peut pas parler de ce que tu as fait durant ces mois, mais je t'assure en tout cas que tu nous as manqué. Quand j'ai appris que tu étais revenu, je me suis dit qu'il fallait que je vienne te voir dès que possible. Comme tu le vois, les choses ont un peu changé pour moi, dit-il en se tournant vers Souzy qui, elle aussi, affichait un large sourire. En fait, ça s'est passé peu de temps après ton départ, nous nous sommes rencontrés lors d'une soirée organisée par un ami commun, il se trouve que Souzy savait que je travaille à l'Administration pour les affaires particulières et elle avait une sorte de cas à me soumettre. Et figure-toi que c'est grâce à un truc que tu m'as appris, ou du moins que tu avais présenté en hebdo, que j'ai réussi à la sortir du mauvais pas dans lequel elle se trouvait. Tu vois, là encore t'étais présent. Depuis, je dirais qu'on file le parfait amour.

Jozuon regarda tendrement Souzy qui lui répondit d'un sourire amoureux. Ainsi, il avait très vite oublié Nalala et s'était jeté dans les bras d'une autre. Dire qu'il semblait prêt à tout pour la séduire. C'était définitivement un personnage étonnant et plein de ressources. Il avait totalement perdu cette allure tellement déplaisante qui le caractérisait naguère. Souzy l'avait transformé, il était comme révélé. A moins que ce ne soit Winston qui n'ait jamais réussi à voir le véritable Jozuon. Toujours est-il qu'il faisait plaisir à voir et que cela contentait Winston. Après ces semaines et ces mois sans manifestation véritablement humaine, un peu de chaleur et d'enthousiasme ne faisaient que lui redonner le goût de l'homme et de la vie en société.

— Ma rencontre avec Souzy a changé ma vie, poursuivit Jozuon. Tu te rappelles certainement les conversations que nous avons pu avoir avant et tu comprendras sans mal combien elle m'a stabilisé.

Jozuon capta un regard quelque peu interrogatif de Winston qu'il devina dans une sorte d'embarras. Il n'osait poser des questions ou évoquer ce qu'ils avaient pu se dire avant son arrestation.

— Ne t'en fais pas, le rassura Jozuon, Souzy sait tout, je lui ai tout raconté, mon coup de folie pour Nalala et tout ce qui va avec.

Winston fut parcouru d'un frisson à l'évocation de ce nom et sauta sur l'occasion pour essayer d'en apprendre un peu plus.

— Ah oui, Nalala, fit-il avec l'air le plus détaché dont il était capable.

— Alors celle-là, repris Jozuon…

— Quoi celle-là ? répondit Winston un peu nerveux et ne voyant pas où son ami voulait en venir.

— Et bien il y a eu de l'animation à la Grande Administration, c'est moi qui te le dis. Ca a même dû être une grande première dans la maison !

— Mais de quoi tu parles, interrogea Winston dont la patience s'était totalement évanouie.

— C'est le meilleur que j'ai à te raconter. On était en plein hebdo, je n'ai pas besoin de te décrire l'ambiance, chacun essayait de faire bonne figure, comme d'habitude, surtout que depuis ton absence, on essayait tous de prendre momentanément la place du bon élève. Nous étions donc tous très concentrés quand une explosion a fait voler en éclat la porte de la salle. Une vraie déflagration. Au travers de l'écran de fumée qui s'était formé à la place de la porte, une escouade de quatre agents de la sécurité renforcée a fait irruption dans la pièce. On était tous complètement éberlués de voir ça dans les locaux de la Grande Administration et bien sûr on s'interrogeait tous sur les raisons qui pouvaient faire qu'une telle action puisse avoir lieu dans cet endroit. En une demi-seconde, les gars ont fondu sur Nalala et l'ont neutralisée. On s'est tous regardés comme des merlans frits, sans rien faire. Le seul à avoir protesté, c'est le grand chef de secteur. Il est sorti avec eux en scandant qu'il devait y avoir une erreur, que même lui, en tant que grand chef du secteur, il pouvait concevoir que l'Administration fasse une erreur, qu'il répondait de Nalala, que ceci, que cela, mais les gars ne s'en sont pas laissé conter. Ils sont sortis avec le grand chef et ont discuté quelques minutes ensemble. Quand il est revenu pour nous parler, nous étions tous sous le choc, on commençait à peine à échafauder des hypothèses plus ou moins rocambolesques. Alors, le grand chef est revenu, il était blême, tu peux pas savoir. On aurait dit qu'il venait de croiser la mort. Tu le connais, toujours fier, sûr de lui, saignant, jamais la moindre pitié ou faiblesse. Ben là, il était blanc comme un linge, on aurait dit qu'on venait de lui annoncer que sa carrière était finie, qu'il venait de se faire virer. Mais non, il ne s'agissait pas de lui, mais bien de la jolie Nalala.

Pour faire un break, Jozuon tira sur sa pipette d'air. Winston était suspendu à son récit sans oser intervenir ni poser de questions, il attendait fébrilement la suite.

— Le grand Chef était totalement déconfit. Il venait de prendre dix ans et il s'adressa à nous sans vraiment être là. Il nous annonça que Nalala venait d'être arrêtée et mise en rétention. Déjà là, on a tous reçu un coup de massue. Il n'y avait donc pas d'erreur, c'était bien elle qu'ils étaient venus chercher. Mais ensuite il nous a dit pourquoi et alors là, je t'assure que toi aussi, tu vas en rester baba. La petite mignonne avait fraudé pour arriver dans l'Administration. Elle avait des membres de sa famille qui étaient dissidents. Tu te rends compte !

Là, Winston faillit intervenir pour lui dire qu'il exagérait, Tomaka, la sœur de Nalala n'avait jamais existé.

— Mais à la limite, on pourrait presque dire que ce n'est pas quelque chose dont elle était directement responsable.

Cette phrase détendit un peu Winston, elle était le signe que son attitude n'avait pas été si irrationnelle que ça.

— Non, ce qui est vraiment dingue, repris Jozuon, c'est qu'elle était elle-même en contact avec des groupes de dissidents. Là, tu avoueras, c'est difficilement défendable.

Winston se mordait les lèvres pour ne pas répondre ce qu'il avait envie de dire à Jozuon. Lui dire que Nalala n'était pas celle qu'il disait, qu'elle avait été obligée, que c'était son job, que personne n'avait le droit de lui en vouloir, ni de la juger. Pas même Jozuon qui pourtant semblait être un type bien, fidèle et fiable. Nalala n'était en rien ce qu'il paraissait et il était injuste d'insinuer ainsi qu'elle pouvait être une rebelle, une nuisible pour la Règle, une affreuse dissidente et coupable d'une imposture aussi terrible.

Il allait devoir garder ça pour lui, sans pouvoir empêcher l'injustice de se propager. Ce qui lui semblait important par-dessus tout, c'est qu'il allait la voir toute à l'heure. Il allait enfin la retrouver et pouvoir se livrer. Elle était finalement la seule à qui il pouvait se confier, puisqu'elle savait. Nalala était définitivement LA seule capable de le comprendre. Elle était sa seule issue après le traumatisme de la rétention. Le tunnel dont il avait pensé qu'il n'en verrait jamais la fin, seule Nalala en connaissait la véritable issue. Tout ceci sonnait comme une évidence et il se sentait presque offensé d'entendre Jozuon l'attaquer de la sorte. Il lui fallut rassembler toute son énergie pour se contrôler et rester calme. Il suffisait pour cela qu'il garde au fond de son esprit qu'il allait la retrouver toute à l'heure, qu'il allait enfin pouvoir parler avec elle, maintenant qu'il savait, qu'elle savait qu'il savait, bref, que tout était clair. Alors ils pouvaient bien raconter ce qu'ils voulaient, avoir leurs petites certitudes et leurs jugements faciles, ce qu'ils ne savaient pas, ce qu'il ne fallait pas qu'ils sachent, lui le savait. Et lui seul pourrait en profiter car lui seul pouvait approcher Nalala. C'était un privilège qu'il avait chèrement payé par avance.

Pour tenter de donner le change, Winston reprit le cours de la discussion avec son collègue.

— Vous avez eu de ses nouvelles depuis cet épisode, demanda-t-il.

— Non, pas directement, il paraît juste qu'elle est dans un centre de rétention, comme ceux qu'on nous a montrés lorsque nous étions en apprentissage et on dit qu'il n'y a aucune chance pour qu'on la revoie un jour. Je me dis parfois que nous traitons trop bien les dissidents et les traitres de la Règle. La mettre simplement dans une cellule avec tout le confort n'est certainement pas une punition suffisante au regard de ce qu'elle a fait. Tu ne crois pas ?

— Je ne sais pas, bredouilla Winston embarrassé. On ne sait peut-être pas tout, sur les conditions de rétention.

— Jozuon m'avait bien dit que vous étiez un gentil, intervint Souzy. Mais là, je crois qu'il a raison, on ne devrait pas avoir la moindre faiblesse à l'égard de ce qui peut mettre en danger l'équilibre de cette société. J'ai débuté une thèse sur le sujet et je peux vous dire que les traitements réservés à ces dissidents sont très en deçà de ce qu'ils devraient.

— Ah tiens, fit Winston intéressé. Vous avez des informations qui relèvent du secret de la Règle sur le sujet ?

— En fait, j'ai accès à certains éléments sensibles de la Grande Mémoire, répondit la jeune femme. Et il se trouve que ce que l'on y rencontre est parfois affligeant de mollesse. Il fut un temps où on laissait croupir les individus dans une cellule à même le sol avec de l'eau et du pain sec pour seule alimentation. Alors que l'Administration traite aujourd'hui les dissidents avec grande déférence. Ils sont nourris et logés de façon digne d'une hostellerie, ils n'ont aucune contrainte et… et je vous ennuie peut-être avec ces histoires ?

— Pas du tout, s'exclama Winston, je trouve ça passionnant au contraire. Moi qui n'y suis allé que pour mes visites lors de mon apprentissage, comme le disait Jozuon, je suis très intéressé par la vision plus approfondie de ce qui s'y passe. Il ne faut pas oublier que chaque jour, nous y envoyons des membres de cette société lui et moi ! Que pouvez-vous nous apprendre sur cet endroit où nous redressons les esprits rotors, où l'Administration remet sur le droit chemin les citoyens égarés sur la voie de la dissidence, où sont punis les individus préférant passer outre les recommandations visant le bien-être de tous pour satisfaire leur propre petit appétit vil et nombriliste ? Qu'avez-vous à nous conter sur ces endroits que l'on tient pour très efficaces dans leur rôle d'assainissement des personnes déviantes ? On nous dit, à nous, agents d'application de la Règle, que les traitements qui leurs sont infligés sont à la fois redoutables et efficaces, que personne n'a jamais résisté, que tous les individus qui s'y sont présentés ont fini par plier face aux méthodes de l'administration. Qu'en est-il selon vos études ?

Winston se rendit compte qu'il s'était un peu emporté et tenta de faire passer cela sur le ton de la plaisanterie, ce qui eut pour effet de détendre Jozuon et son amie.

Un peu gênée par la réaction de Winston, Souzy en vint à raconter son histoire. Elle venait d'une ville satellite moyenne, ses parents étaient de condition modeste mais l'avaient élevée dans un grand respect de la Règle et de la société en général. Ils avaient fait de nombreux sacrifices pour que leur fille unique puisse avoir une instruction minimale lui permettant d'obtenir un travail qui améliorerait sa condition et d'avoir accès à une vie plus facile que la leur. Mais rien n'était facile et Souzy était sans doute vouée à devenir lubrifieuse des mécaniques de la grande usine qui contribuait largement à la vie de sa ville. Il s'agissait d'un emploi rude et peu gratifiant. Avoir les mains dans la graisse toute la journée, au contact des mécanismes d'engrenages avait toujours été une tâche dévolue aux femmes. Cela ne s'expliquait que par l'histoire parce que depuis bien longtemps la parité des sexes était la règle dans tous les secteurs et à tous les postes. L'Administration avait songé un moment à promulguer de nouveaux paragraphes de la Règle pour imposer cela, mais c'était devenu un état de fait sans que le législateur ait eu à intervenir. Seuls quelques postes restaient indéfectiblement attachés à un sexe. La lubrification des machines était féminine. Et même s'il s'agissait d'une aberration, cette habitude allait pousser Souzy à suivre les pas de sa mère dans cette vie laborieuse.

Ceci était vrai jusqu'à ses 10 ans, lorsque sa vie bascula. Ses parents furent victimes d'un accident de tube et décédèrent tous les deux, la laissant orpheline. L'Administration la prit en charge, lui donna cette fois une vraie chance en lui offrant l'opportunité de fréquenter les meilleures écoles et de suivre les meilleures formations. Ce qu'elle fit avec un brio certain. Mais une fois en âge de comprendre, Souzy voulut savoir ce qu'il s'était passé dans l'accident de ses parents. Il n'y avait à peu près jamais de tels incidents et la jeune fille avait trouvé les circonstances très surprenantes et imprécises. Elle avait donc tenté d'en savoir plus, de trouver des informations relatives à l'événement jusqu'à ce que l'Administration ne lui explique qu'elle ne trouverait rien d'autre que la version officielle puisqu'il s'agissait de la vérité. La fougue de la jeunesse fit qu'elle ne se préoccupa pas de ces recommandations et poursuivit ses recherches. Elle eut alors droit à un avertissement beaucoup plus rude de l'Administration qui lui signifia cette fois que si elle poursuivait ses recherches, elle pourrait perdre son soutien, ce qui signifiait ses bourses, ses droits d'entrée dans les écoles, bref tout ce qui sous-tendait sa réussite, la possibilité d'accomplir son rêve et aussi celui de ses parents. Elle dut donc abandonner ses investigations et se consacrer entièrement à ses études. Mais le doute qu'elle avait soulevé en découvrant une rumeur selon laquelle l'accident aurait pu être provoqué par une expérimentation secrète de l'Administration, s'était ancré en elle. Depuis cette époque, elle avait enfoui ce doute qui était devenu un réflexe puis une seconde nature. Elle se méfiait ainsi de tout ce qui pouvait émaner de l'Administration, elle mettait en doute quasi systématiquement chaque information en provenance de l'Administration comme s'il s'agissait d'une vérité prédigérée. Elle avait développé une méfiance maladive vis-à-vis de ce qui était distillé comme indiscutable.

Le récit de Souzy était empreint de beaucoup d'émotion. Winston était tout-à-fait convaincu de sa sincérité. Il était même touché par son histoire quelque peu dramatique et regrettait presque ses propos vaguement agressifs.

— Mais vous risquez de passer vous-même pour une dissidente si vous racontez ça n'importe où, fit remarquer Winston.

— Je le sais bien, mais je ne suis pas n'importe où. Et je vous assure que la Règle est, pour moi aussi, une ligne directrice. C'est la façon dont l'Administration nous fait croire ce qu'elle veut qui me gêne. Je suis persuadée qu'elle nous fait gober des tas de choses, qu'elle nous cache énormément et surtout qu'elle travestit la vérité pour nous garder dans le droit chemin et nous manipuler. Ça n'a rien à voir avec la Règle, c'est une question d'honnêteté, j'ai du mal à faire confiance à des gens dont j'ai l'impression qu'ils me mentent.

— Je comprends que votre passé pèse lourd, reprit Winston, mais il n'y a finalement que des présomptions dans tout ça. Vous n'avez rien de très concret.

— Evidemment, toute l'information est contrôlée, comment faire pour débusquer la vérité ? Mais justement, si on regarde cette histoire des établissements de rétention, vous voyez bien que ce que vous pensez savoir est différent de la réalité. Vous êtes persuadés que les dissidents ou les délinquants que vous envoyez en centre sont traités durement et que l'Administration les fait craquer. Ce n'est pas le cas, ils sont dorlotés et la seule chose qui soit réellement obscure, c'est comment certains peuvent craquer. Il s'agit certainement des plus faibles.

— Certainement, fit Winston en signe de démission.

Il ne souhaitait pas envenimer le débat, il appréciait beaucoup que Jozuon et son amie soient passés le voir. Il s'agissait de son premier contact avec la vraie vie et leur visite était totalement spontanée.

Quelques bouffées d'air plus tard, le climat était apaisé et Jozuon avait repris la conversation à son compte, racontant les anecdotes qui avaient jalonné la vie du service durant son absence. Les brimades du grand chef de secteur durant les hebdos, les cas risibles ou dramatiques, les nouveaux arrivants dans le service, les départs, bref, la vie du boulot. Il lui expliqua d'ailleurs que le bureau jadis occupé par Winston avait été réattribué. Mais la semaine dernière, lorsqu'il avait été annoncé qu'il revenait, des travaux avaient immédiatement eu lieu pour aménager un nouveau box pour l'accueillir à nouveau.

— Quoi, ne put s'empêcher de réprimer Winston. Tu savais depuis la semaine dernière que j'allais rentrer ?

— Oui, on était au courant que tu serais de retour aujourd'hui ou demain. J'ai préféré prendre la solution la plus optimiste. Pour ton box, donc, c'est la première fois que je vois ça, poursuivit Jozuon. Une armée d'ouvriers a débarqué un soir, juste quand on sortait. Ils ont dû travailler toute la nuit, parce qu'on les a croisés à nouveau lorsqu'on est arrivés le lendemain matin. Ils avaient terminé. Un nouveau box avait été installé, il était fermé et fait pour toi. Ils devaient être plus de vingt pour bosser cette nuit-là. Je ne sais pas bien pourquoi, il y avait encore un box vide. Ils auraient pu y coller Max, celui qui a été mis dans ton ancien box et te le réattribuer. Il y a des fois où j'ai du mal à comprendre, mais il y a certainement une très bonne raison à cela. Toujours est-il qu'on t'attend de pied ferme.

— Effectivement, c'est un peu bizarre, répondit Winston. Mais je serai là dans deux jours. Fidèle au poste. Quant à vous, Souzy, méfiez-vous tout de même des gens à qui vous vous adressez lorsque vous parlez ainsi, il pourrait se trouver des âmes mal intentionnées qui vous cherchent des ennuis.

— C'est ma nature… et puis ce n'est pas avec vous que je prends le moindre risque, enfin si j'en crois les panégyriques que me sert régulièrement Jozuon sur votre compte.

— Vous devez le connaître, il est un peu excessif parfois. En tout cas, je tiens à vous dire que j'ai été très heureux de votre visite, ça m'a vraiment fait plaisir.

Ce n'était pas feint, Winston était ravi de les avoir vus. Ils étaient venus avec une visible bienveillance. Cette rencontre lui avait fait du bien.

Jozuon, manifestement satisfait également quitta l'appartement avec Souzy, non sans avoir remercié Winston et lui avoir promis de l'inviter sous peu.

« Grâce à la Règle, plus jamais nous ne connaitrons le chaos »

Lorsque Winston sortit cet après-midi-là, l'air doux qu'il respira sur les terrasses de son immeuble le remplirent d'une chaleur qui ressemblait à du bonheur. Cette douce inspiration, qui, pour peu qu'on y fasse attention, pénètre dans le corps et diffuse à l'intérieur un fluide qui rend léger, s'empara de lui il se sentit serein. Il descendit ainsi jusqu'à la station du tube, flottant sur ses idées optimistes et se rendit à l'endroit où il devait retrouver Nalala. Il s'agissait de l'estaminet « *L'air de ne pas en avoir l'air* » qu'il avait choisi un peu pour conjurer le sort puisque c'est là que Nalala lui avait dévoilé ses secrets. Il arriva largement en avance et pourtant, la belle était déjà installée dans un recoin de l'établissement. Elle avait dégagé les deux embouts d'air sursaturé et tirait joyeusement sur le sien.

Dire que Winston la trouva jolie ne serait pas juste. Il fut immédiatement envoûté par sa personne toute entière. Cette image qu'il gardait on fond de lui depuis de nombreux mois comme une source de bienêtre et de réconfort, une façon de rester sain d'esprit, aurait pu ne pas résister à l'épreuve de la réalité. Il l'avait certainement un peu embellie durant cette absence, certainement améliorée en certains points, voire idéalisée. Mais non, la réalité se présentait devant lui, encore plus séduisante que ses rêves lorsqu'il était en rétention.

Si Nalala avait tenu à arriver bien avant lui, la raison en était très simple, elle avait bien conscience que Winston devait cultiver un ressentiment prononcé à son encontre. Elle lui avait menti, l'avait manipulé, avait causé sa perte en le poussant à des actions totalement répréhensibles. Elle appréhendait donc cette rencontre et elle avait décidé de se déconnecter d'une réalité trop menaçante en prenant une avance conséquente dans l'absorption d'air sursaturé. Même dans ces conditions, elle se crispa à la vue de Winston qui se dirigeait vers elle. Son air décontracté et sa mine enjouée semblaient lui signaler qu'elle n'avait pourtant rien à craindre et l'air sursaturé l'aidait à relativiser.

Winston s'assit face à elle et Nalala n'était pas très sûre de bien comprendre son enthousiasme.

— Ce que je suis heureux de te voir, lui dit-il tout de go.

— Mais moi aussi, lui répondit Nalala après un court instant de réflexion.

— Je pense que tu as pas mal de choses à me dire et en fait moi aussi. Ca fait depuis que je suis sorti que je pense à ce moment, celui où je vais enfin pouvoir partager avec toi. Parce que tu te rends compte qu'il n'y a qu'à toi que je peux parler. Toi seule peux entendre ce que j'ai à dire, ce que je ressens ou le récit de ma rétention. D'ailleurs, je peux te dire que c'est grâce à toi que j'ai tenu le coup…

— C'est surtout grâce à moi que tu y es allé, lança Nalala sans réfléchir, déstabilisée par l'attitude de Winston.

Métamorphosé, il tendit sa main pour saisir celle de la jolie brune. Il trouvait qu'elle avait encore embelli durant ces longs mois. Son minois était radieux, elle avait toujours ce regard tellement vif et expressif qui le faisait fondre. Sa timidité s'était évanouie, elle aussi et il avait décidé de se passer des retenues habituelles. Nalala, d'abord surprise, se laissa faire.

— Tu sais, déclara Winston, j'ai passé des moments difficiles. Je me suis vu perdu, anéanti, sans issue. C'est peut-être ce que l'on peut vivre de pire de ne plus avoir d'espoir. Je suis tombé au fond d'un trou qui ne cessait de se creuser sous mes pieds. Lorsque tu n'as plus d'espoir, plus vraiment d'identité, plus de reflet dans le miroir que sont tes semblables, ta vie n'est plus tout-à-fait une vie. Lorsqu'en plus on fait en sorte de soigneusement supprimer tout ce qui pourrait se rapporter à un quelconque plaisir, alors on ne fait que te maintenir en survie. C'est à peu près ça que j'ai vécu, résumé en quelques mots. Et bien je suis sûr aujourd'hui que si je suis sorti de cette histoire sans grosses séquelles, c'est parce qu'au plus fort de mes tempêtes intérieures, lorsque j'avais besoin d'un point d'amarrage pour ne pas dériver et peut-être sombrer, dans ces moments-là, c'est à ton image que je me raccrochais. Je revoyais ton sourire, ton regard, tes mimiques, j'entendais ta voix et je trouvais le réconfort ; je voyais tes cheveux onduler devant moi, je devinais ta silhouette et je revenais au port ; le souvenir de toi, du moment que l'on a passé ici, ensemble, m'a permis de dépasser les instants les plus durs et les plus périlleux de mon existence. J'aurais donné n'importe quoi pour avoir l'occasion de te le dire, de t'en remercier. Alors je suis simplement heureux de pouvoir te le dire aujourd'hui. Je mesure ma chance de pouvoir le faire.

Nalala, sentant les larmes en passe d'inonder ses yeux, se dit qu'elle n'avait pas mal fait de prendre de l'avance en air sursaturé.

— Winston, dit-elle avec douceur. Tout cela était une mise à l'épreuve.
— Oui, je l'ai bien compris. Mais c'est fini.

La jeune femme retira sa main, coincée sous celle de Winston. Après un long silence qui lui permit de réfléchir et surtout de rassembler tout son courage, elle se lança.

— Dans la plupart des films, ça se passe comme ça. La fille a une mission, elle doit le séduire dans un but professionnel ou crapuleux et une fois son forfait accompli, lorsqu'il se rend compte qu'il s'est fait berner, elle lui explique qu'au début, c'est vrai, elle a joué, mais en fait elle est vraiment tombée amoureuse de lui. Alors du coup, elle espère qu'il ne lui en veut pas et qu'ils vont pouvoir vivre leur histoire d'amour sans qu'il lui en tienne rigueur. En général, c'est comme ça que ça se passe. Je crois que j'aimerais bien pouvoir te dire ça, Winston. Mais je te mentirais. Je t'ai manipulé, à la demande de l'Administration, je t'ai amené à faire des choses que tu n'aurais jamais faites sans cela et j'ai joué avec tes sentiments. Et aujourd'hui, je ne suis pas capable de te dire que je suis tombée amoureuse de toi. Tu vois, la vie est parfois cruelle. Je ne te dis pas que je suis particulièrement fière de ce que j'ai fait, mais je n'en ai pas honte non plus. Je pense simplement que j'ai contribué à recruter un des plus brillants agents de l'équipe et si c'était à refaire, je n'hésiterais pas.

Winston était déconfit. Cette fille avait définitivement la capacité de lui faire tomber le ciel sur la tête.

— Mais pourtant tu es là, tenta-t-il de se défendre.

Tu n'as le droit d'apparaître pour personne et tu es venue, tu as répondu à mon appel !

— Sais-tu pourquoi je suis là mon pauvre Winston ? L'Administration, qui te connait maintenant dans les moindres détails, savait que tu allais essayer de me contacter et de me voir. Elle m'a donc attribué la mission de venir te donner les clés de ta nouvelle vie parmi nous.

Durant les trois minutes qui suivirent, Winston resta pendu à son tube d'air, tirant dessus comme s'il voulait en faire sortir un éléphant. Lorsqu'il reprit son souffle, il planta son regard dans celui de Nalala et lui dit :

— J'ai l'air particulièrement con. Comment ai-je l'outrecuidance de penser qu'une fille comme toi puisse s'intéresser à moi ?

— Pourtant, Winston, protesta-t-elle…

— Pas maintenant, coupa Winston. J'aurai bien le temps de me trouver désespéré, triste et malheureux lorsque tu seras partie. Je vais essayer de profiter des quelques instants qui me restent. Annonce-moi donc ce pourquoi tu es venue, je suis curieux de savoir finalement à quoi tout cela rime.

— Bon, fit Nalala, heureuse de pouvoir changer de conversation. Maintenant que l'Administration est sûre de ta droiture et de ta fidélité à la Règle, maintenant aussi qu'elle a pu étudier le moindre de tes comportements dans les situations difficiles, elle a décidé de t'intégrer dans le groupe. Ton travail officiel à la Grande Administration ne sera plus qu'une couverture. Tu auras un nouveau box, spécialement dédié qui sera équipé et aménagé pour te permettre de travailler pour nous. Aucun autre agent ne pourra l'utiliser.

— Ah, je comprends mieux, dit Winston dans un souffle.

— Ce box possède une issue qui permet de

rejoindre le réseau. L'écran plasmique est également très différent de ce que tu connais. En apparence, il ressemble à tous les écrans plasmiques du service, mais les fonctionnalités sont bien différentes. Tu auras des accès très élargis, des droits renforcés et tu pourras contrôler de nombreux médias avec ce matériel. Mais tu verras, tu seras formé au fur et à mesure et avec ce que tu es capable de faire aujourd'hui, ce sera un véritable jeu pour toi.

— Si je résume, dit Winston, je vais faire semblant de travailler alors que je vais faire des enquêtes souterraines pour le groupe.

— C'est un peu ça. Il faut que tu saches que tout sera fait pour que personne ne se doute de rien. Si le moindre doute venait à planer sur notre groupe, son intégrité toute entière serait menacée. C'est une option que personne ne peut se permettre. Lorsque tu commenceras à comprendre l'ampleur du dispositif auquel tu appartiens désormais, ta première préoccupation deviendra de le protéger. Jusque-là, la Règle te semblait être la référence absolue, tu as maintenant la famille qui va avec. Le groupe est l'organe indispensable aux actions qui ne peuvent pas être menées au grand jour et sans lesquelles, le régime d'équilibre ne pourrait subsister. Il serait ébranlé par les groupuscules dont les réseaux bénéficient d'organisations tentaculaires, aptes à reconstruire une branche dès qu'elle est amputée. La lutte n'est pas simple et si nous n'avions pas ces moyens d'action, elle pourrait rapidement tourner à la faveur du désordre et des opposants à la Règle. Je ne vais pas te faire le chapitre sur l'importance de ta mission, la grandeur de la tâche, la noblesse de la cause. Tu as déjà montré que tu es conscient de tout cela et de toute façon, ce n'est même pas à moi d'en être juge. En revanche, je peux te dire que tu vas trouver dans tes missions des motivations et des satisfactions nouvelles. Je peux t'assurer que tu vas prendre un plaisir dingue à ce que tu vas faire et à ce qui va t'arriver. Et pour finir mon petit discours d'introduction, je voudrais que tu saches que je suis heureuse et fière que tu intègres le groupe. Sois le bienvenu !

— Merci, répondit simplement Winston.

Il fallut plusieurs heures à Nalala pour décrire en détail le fonctionnement du groupe, la façon dont il allait être contacté, l'utilisation qu'il allait devoir faire des appareils qui lui avaient été livrés dans son appartement, ainsi que du nouvel écran plasmique positionné dans le box qui avait été édifié à son attention et les subtilités de fonctionnement de ce box en tous points particulier. Winston l'écouta, comme un élève écoute son professeur lorsque celui-ci respecte son disciple et s'exprime avec passion. Il allait avoir une double vie et il ressentait une excitation certaine à cette idée. Il était également inquiet puisqu'il allait prendre des risques et devoir s'exposer à des actions très particulières. Mais l'idée d'être au service de la Règle le rassurait. Et à bien y réfléchir, Nalala aurait certainement pu lui vendre n'importe quoi.

Lorsqu'il se retrouva seul, Winston était étourdi. Les retrouvailles avec Nalala n'avaient pas été tout-à-fait comme il les avait imaginées et rêvées. La jolie princesse s'était transformée en fonctionnaire zélée. Elle n'était venue que pour lui annoncer la suite des événements et l'accueillir dans le groupe auquel il appartenait désormais sans vraiment savoir quels en étaient les tenants et aboutissants. Il n'avait même pas osé porter au grand jour ses espoirs secrets de la séduire. Il avait retrouvé sa condition de couillon de première classe et l'avait écoutée bien sagement lui expliquer les fonctions excitantes de sa nouvelle console et les réunions haletantes du groupe. Tout ça ne devait pas le décevoir, il devait se sentir extrêmement fier d'avoir été choisi pour cette mission.

Il ne savait pas très bien ce qu'allait devenir son quotidien, quelles allaient être les demandes qu'on allait lui faire, comment il allait concilier ce qu'il lui fallait désormais appeler sa couverture avec des interventions dont il ne savait pas grand-chose. Mais la confiance qui lui était manifestée représentait une chance inouïe, même si cette confiance avait été acquise au prix de sacrifices très importants ; même si Winston ne savait pas très bien où il allait ; même si la perspective joyeuse de se rapprocher de Nalala s'avérait un acte manqué ; même si on lui avait fait subir des sévices moraux qu'il n'était pas près d'oublier ; même si, par-dessus tout il se sentait trahi d'avoir été ainsi observé et analysé à son insu ; même si… Tout cela avait une finalité qui dépassait toutes ces considérations et transcendait tous les aspects négatifs. Winston allait avoir la possibilité d'œuvrer avec plus de moyens et plus d'efficacité pour les grands principes auxquels il était tellement attaché. On en revenait finalement et inexorablement à ce qui était l'âme de sa vie. Quels qu'en soient les moyens, il devenait un acteur plus important encore de la mise en œuvre des principes fondamentaux de cette société qu'il chérissait tant. Cela valait bien quelques sacrifices et brimades.

*« **Souvenez-vous que la Règle a été écrite avec les cendres de l'ancien monde** »*

Le premier jour avait été une sorte de nouveau départ et Winston avait traversé l'esplanade de la Grande Administration avec l'entrain de la découverte et l'angoisse de l'inconnu. Il avait plu et ses pas ne résonnaient pas sur le pavé. Il croisa quelques regards sur lesquels il croyait lire « Te revoilà finalement, tu es de retour, les choses rentrent dans l'ordre, content de te revoir ». Le visage de Winston était éclairé d'un large sourire à l'approche de la cage d'ascenseur. Il savourait ce nouveau départ, son nouvel élan dans le sillage de la Règle.

Mais cela faisait aujourd'hui dix-sept jours qu'il avait repris le cours normal de sa vie professionnelle. Il avait réintégré son rôle d'agent d'application de la Règle, retrouvé ses dossiers, ses concitoyens et leurs plaintes, justifiées ou non. Après quelques semaines, il avait juste un arrière-goût amer. Il n'avait plus aucun contact avec le groupe et peut-être que tout ceci n'avait été qu'un songe, une illusion, à moins que l'Administration n'ait finalement décidé de ne pas l'employer pour des tâches dangereuses ou que son aptitude ait été revue pour le confiner dans ce rôle plus classique. Mais en définitive, Winston se sentait fort bien dans cette vie et il n'était plus si certain que l'existence trépidante du groupe ne lui convienne si bien. Il avait tout de même du mal à sentir en lui ce héros que l'Administration avait dit déceler. Si bien que si le fleuve continuait à couler ainsi, ce ne serait pas un si mauvais dessein.

Il abordait son arrivée à la Grande Administration avec satisfaction, se souvenant de ce qu'il croyait être son avenir il y a encore peu de temps.

Winston s'enfilait dans les couloirs en adressant un salut amical à quelques agents de sa connaissance.

« *La Règle est la fondation nécessaire pour bâtir une vie* » flottait dans le long corridor qui menait à son box. Il pénétra dans cet endroit nouvellement aménagé pour lui. Tout y était très familier en réalité. Son bureau avait cette même apparence grise qui faisait croire qu'il était poussiéreux ; le cadre de l'écran plasmique était un peu plus fin que ce qu'il avait connu auparavant, mais rien de très impressionnant ; la lampe qui surplombait l'écran était à l'identique de celle qu'il connaissait jusque-là ; quant au fauteuil positionné devant le plan du bureau, il n'en avait jamais vu un différent dans tout le bâtiment de la Grande Administration. Pour ce qui est de la décoration, si chaque agent avait droit à un objet personnel, très peu en faisaient usage et surtout pas Winston qui préférait le standard pour ne pas dénoter. Winston n'avait perçu quasiment aucune différence avec son ancien bureau. La seule exception était les fonctionnalités supplémentaires de son écran plasmique. La plus intéressante lui permettait en une touche de doigt d'accéder aux informations classées « *niveau secret* » des concitoyens.

Ce qui avait marqué la pause matinale, c'était une conversation qu'il avait eue avec le collègue qui avait repris le poste laissé vacant par Nalala Celui-ci l'avait alpagué comme avait pu le faire Jozuon, juste avant les événements. On lui avait loué les dons de Winston, sa probité et son exemplarité. Les premiers hebdos qu'ils avaient faits ensemble le lui avaient confirmé. Il avait ainsi décidé de franchir le pas en l'abordant. Il n'était ni méchant, ni même mu par de mauvaises intentions, mais, il était simplement responsable d'avoir réveillé de douloureux souvenirs dans l'esprit de Winston. Le « J'ai beaucoup entendu parler de vous, vous êtes formidable » qu'il lui avait lancé l'avait glacé, malgré la gentillesse apparente du propos. Il s'était senti projeté quelques mois en arrière, lorsque tout avait commencé. Winston avait par conséquent assez mal réagit et le pauvre bougre n'avait certainement pas compris les raisons de ce mouvement d'humeur. Cet épisode était toutefois très anodin et Winston avait repris le cours de ses rendez-vous avec la concentration et la motivation qu'on lui connaissait.

Il avait balayé le cas d'un concitoyen dont l'épouse s'était rendue coupable d'activités nuisibles à la prospérité de sa famille. Elle avait en effet la fâcheuse habitude de jouer des sommes considérables, au regard des ressources du ménage, dans des tripots virtuels. Les pertes causées n'étaient en revanche pas virtuelles. Il allait y mettre un terme et Winston, en conformité avec les quotas prévus par la Règle, allait limiter la capacité d'action de cette mère de famille. Il ne pouvait en revanche rien faire pour rattraper les sommes colossales déjà perdues. Il avait néanmoins rempli le formulaire de demande gracieuse, jugeant la bonne foi de l'intéressé.

Pour le cas suivant, il vit rentrer un grand gaillard qui n'avait pas, imprimé sur le visage, cette marque d'inquiétude propre à la plupart des concitoyens qui se présentaient du simple fait qu'ils venaient là pour la première fois et que cela pouvait être impressionnant. Il avait au contraire la démarche assurée et un sourire avenant. Celui-ci s'assit sans même que Winston ne l'y invite. La chose était plutôt incongrue puisque c'était certainement la première fois que cela se produisait tant l'endroit inspirait le respect, voire la crainte.

Ce n'est qu'au bout de quelques instants durant lesquels Winston interrogea l'individu du regard qu'il comprit et lâcha un cri : « Kass ! ».

— Mais qu'est-ce que tu fais là ? continua-t-il après avoir baissé d'un ton. Toi aussi tu es sorti ?

— Ca fait bien plaisir de te revoir, surtout dans la vraie vie, répondit l'ancien compagnon de cellule. Il avait perdu son apparence rustre, son verbe sculpté dans la rue et sa désinvolture qui lui collaient tellement à la peau en rétention. Il avait l'air d'un gentleman, citoyen ordinaire et Winston l'aurait volontiers compté parmi ses amis.

— Tu as un problème que je peux résoudre, demanda Winston. Je serai extrêmement heureux si ça m'est possible. Dis-moi ce qui t'amène et surtout comment tu vas.

— Winston ! Je pensais bien te trouver ainsi dans ton environnement professionnel. Le service que je vais te demander n'est pas exactement ce que tu crois. Mais avant de parler de ça, il faut que tu comprennes que je n'étais pas en rétention avec toi.

Winston eut un geste d'étonnement que coupa Kass en poursuivant :

— Je fais partie du groupe et plus précisément de l'équipe qui était en charge de ton évaluation lors de cette opération. Tout était fabriqué, prévu, millimétré et calculé. J'espère que tout cela n'a pas été trop difficile pour toi. Mais je crois que tu es à même de comprendre que ce genre d'opération ne souffre aucune approximation.

Une nouvelle fois, Winston s'enfonça dans son siège, signe que la réalité venait encore de le rattraper. Toujours habité par cette impression de ne pas maitriser les événements de sa vie, que d'autres se chargent de poser les décors, les actions et qu'ils jouent autour de soi. Tout ceci pour donner la désagréable impression d'être outrageusement manipulé.

— Tu étais dans le coup, dit-il simplement d'un souffle, comme s'il s'était agi d'un braquage.

— Je dirais plutôt que j'ai participé à cette opération, rectifia Kass. Mais tu sais, c'est une phase initiatique ou de probation au travers de laquelle nous sommes tous passés. C'est un mal nécessaire. Tu y participeras certainement toi aussi, maintenant que tu fais partie du groupe. Je pense savoir ce que tu ressens, mais je t'assure que ta nouvelle vie va être au-delà de tes espérances. Le groupe et ses actions vont te remplir. Vu ton profile, je peux t'assurer que tu vas vraiment trouver ton truc. Tout ce que tu as montré jusqu'à présent affirme que tu as toutes les qualités et qu'en plus tu ne feras que des choses dans lesquelles tu crois. Tu verras…

— OK, on verra, ou plutôt je verrai, coupa Winston. Mais alors pourquoi tu es là en fait ? Il y a du nouveau, on va vers ma première mission ?

— Tu as raison, assez bavardé, reprit Kass. Je crois qu'en effet, il est l'heure de ton baptême et tu ne devrais pas être déçu. Si tu prends ton écran plasmique comme ceci…

Kass positionna ses mains d'une façon particulière sur l'anneau métallique qui faisait le contour de l'appareil.

— … et si tu actives cet hologramme, alors, il doit se passer….

Une ouverture se fit sur le mur à l'arrière du box, comme si une 4ᵉ dimension venait de se faire jour. Winston savait que derrière ce mur, il y avait un autre box et pourtant, une image apparaissait, comme un couloir dans lequel on pouvait s'engouffrer, une sorte de trompe l'œil.

— Comme on te l'a expliqué, dit simplement Kass en se levant, ton box comporte quelques aménagements que les autres n'ont pas. Ceci en fait partie et te sera fort utile. Maintenant suis-moi.

Kass se dirigea alors vers l'image du couloir et l'emprunta avec un naturel parfait. Winston, sidéré resta un instant avant de réagir. Puis, il s'avança prudemment à tâtons, comme s'il avait été aveugle pour finalement s'apercevoir qu'il ne s'agissait pas d'une illusion, mais bien d'un couloir au fond duquel il aperçut Kass qui se retournait pour s'assurer qu'il était bien suivi. Winston se dirigea dans cette espèce de monde parallèle où ils enchainèrent couloirs et escaliers. Une fois qu'il fut revenu à la hauteur de son ex codétenu, Winston l'interrogea.

— Quel est ce tour de magie ? Comment est-ce possible, cette entrée qui débouche dans mon box alors que la cloison donne sur celui de Berdo. C'est impossible !

— Et pourtant… répliqua Kass très calmement. Tu connais le triangle de Penrose ? C'est un triangle qui constitue une illusion. Il est réputé inconstructible. Et bien tout le bâtiment de la Grande Administration est construit selon un principe qui donne l'illusion que les cloisons séparent certaines pièces alors qu'en réalité il n'en est rien. De très nombreux corridors comme celui-ci parcourent les étages pour mener aux pièces les plus secrètes et auxquelles seuls les initiés peuvent accéder. Pourtant, tous les occupants de ces immeubles sont totalement dupes. Ils ne sont pas idiots pour autant, simplement, l'illusion les empêche de voir la réalité telle qu'elle est vraiment. C'est souvent les évidences que l'on a sous les yeux qui sont les mieux cachées.

— Pour faire simple, le complexe de la Grande Administration aurait pu être dessiné par M.C. Escher et personne n'y voit que du feu.

— C'est ça, répondit Kass. Et une simple commande de ton écran plasmique actionne l'ouverture qui se trouve dans ton box.

Arrivant devant une porte à accès restreint, Kass se positionna devant le lecteur biométrique, lequel lui signifia que l'accès lui était accordé. Les deux agents pénétrèrent dans une pièce qui coupa le souffle de Winston. Des fauteuils très confortables étaient disposés autour d'un appareil central qui n'était autre qu'un écran plasmique collectif. Ce genre d'équipement n'existait que dans l'imagination de certains illuminés, mais personne ne les avait jamais construits. Pourtant, celui-ci était bien réel. *A priori*, il permettait à une douzaine de personnes d'interagir sur une même scène holographique.

Kass était amusé par l'air ébahi de son compagnon.

— Comme tu le vois, lui annonça-t-il, nous jouissons d'une certaine avance technologique. Mais je t'assure que ce n'est pas de trop pour faire ce que nous avons à faire et pour remplir nos missions.

A ce moment, cinq personnes entrèrent dans la pièce. Toutes avaient un air sérieux, presque grave. Parmi elles, deux femmes et Peel, le vice-responsable de l'Administration Supérieure.

— Puisque je suis là, c'est que l'affaire est malheureusement bien grave. Kass va vous l'expliquer, mais je tenais à venir en personne vous manifester mon soutien et celui de la Grande Administration. Vous êtes un maillon essentiel dans la préservation de l'ordre et de la quiétude de cette société face à tout ce qui peut la menacer. J'en profite également pour vous présenter Winston, dit-il en se retournant vers lui. Il est le nouvel agent fraîchement recruté pour le groupe. Je peux vous assurer qu'il a toutes les aptitudes requises pour accomplir sa mission. Nous nous en sommes assuré et vous savez tous combien ce processus est exigent. En un mot, il est civilement un agent d'application de la Règle et possède, entre autres qualités, une très grande dextérité dans l'utilisation des outils technologiques.

Tout le monde était maintenant confortablement installé dans un fauteuil. Seul, le vice-responsable de la grande Administration était resté debout pour donner plus d'impact à son discours. Tous les agents, conscients de l'occasion rare et de l'honneur qui leur était fait, buvaient ses paroles. L'ambiance de la pièce était feutrée. Elle était borgne, les revêtements de sol et les murs étaient sombres. Il se dégageait une impression d'isolement, une sorte de salle de crise dont rien ne pouvait filtrer, ni le son, ni la lumière, ni aucune information.

Le vice-responsable s'éclipsa, non sans avoir répété combien la société toute entière comptait sur le groupe, sinon pour sa survie, au moins pour sa bonne santé.

Kass reprit alors la parole afin d'expliquer longuement le contexte de la mission. Il utilisa abondamment, bien entendu, l'écran plasmique collectif pour illustrer son propos par des images holographiques réelles en provenance d'archives et d'autres, simulées.

Winston avait encore bien du mal à réaliser la situation et se prenait encore à penser qu'on pouvait lui jouer une pièce de théâtre. Pourtant, il était bien là dans le groupe d'élite chargé de lutter contre la plus grosse menace face à la Règle.

Il était simplement à sa place…